上位之聲

別出心裁開場白 × 聲情並茂鋪陳法 × 見好就收時機點，讓人聽完還意猶未盡，說的比唱的好聽！

U0075444

演講時你可能會......

◉ 因為緊張腦袋一片空白，下一句是什麼完全忘記！

◉ 講稿寫得很好，但照稿宣讀，演講變成朗讀？

◉ 內容過於平淡無法引起共鳴，你看下面那個誰都睡著了！

演講遇到的所有阻礙，都讓人好想趕快衝下臺！

被這麼多雙眼睛盯著看，我連自己的名字都差點講反！

肖勝平，吳載昶———編著

目 錄

目錄 ────────────────────

目錄

目錄

前言

好口才是當今優秀主管的一項必備條件。這是因為在主管工作中，說服比命令有效，引導比驅趕有效，鼓勵比強制有效。領導意志的貫徹、主管工作的推動，很多時候需要依靠口才。而表現一個主管口才水準高下的方式，莫過於演講了。畢竟，主管在具體的工作事務中不可能總是一對一地交流、溝通、傳達、匯報，很多時候需要面對數十、上百、上千甚至更多的人來表達自己。面對臺下許多的大眾或下屬，認識的或不認識的，贊同的或不贊同自己觀點的，學識比自己高的或比自己低的……形形色色的人，各種難以預料的插曲，你要說服他們、引導他們、鼓動他們、激勵他們跟隨自己，無疑具有很強的挑戰性。

美國前國務卿季辛吉博士說：「領導者就是要讓他的人們，從他們現在的地方，帶領他們去還沒有去過的地方。」根據季辛吉博士的話，我們可以將領導者演講作一個類比：領導者演講就是說服、引導、鼓動聽眾們和你共乘一架飛機，到你希望他們到達的地方。這些聽眾中有的人不喜歡去那裡，在旅行途中也是各有千奇百怪、眾口難調的需求。身為機長，你要克服他們一路的冷漠、疑惑、吵嚷、抗議甚至劫機，安全平穩地將所有乘客降落在目的地。由此看來，演

前言

講是一個領導者審視自身能力高低的試金石。一個善於演講的主管，必然能夠依靠演講使自己擁有堅定的自信、敏銳的眼光、豐富的知識、縝密的思維、機智的應變。

掌握並熟練運用演講，在提升自身的整體素養和做好主管工作上，具有重要的現實意義。本書以主管工作為主幹，以主管常見演講為支幹，以學識為根，以妙語為葉，為讀者奉獻一本既具有可讀性又具有實用性的演講讀物。相信各位讀者在靜心學習與領會本書之後，能讓自己的演講水準更上一層樓，早日品嘗到出色演講帶來的美味甘果。

值得說明的是：那些如縱橫家一樣能言善辯的領導者，並非等走到上位才一夜之間擁有高超的演講技能的。他們在當「小兵」時，就已經開始利用各種機會來鍛鍊自己的演講本領，顯露自己的演講才能，有不少人甚至正是依靠甄選演講而勝出。因此，我們這裡所謂的主管演講，不單是指在職的主管需要學習，那些有志於走上主管職位的非主管人士也有必要學習。

編者

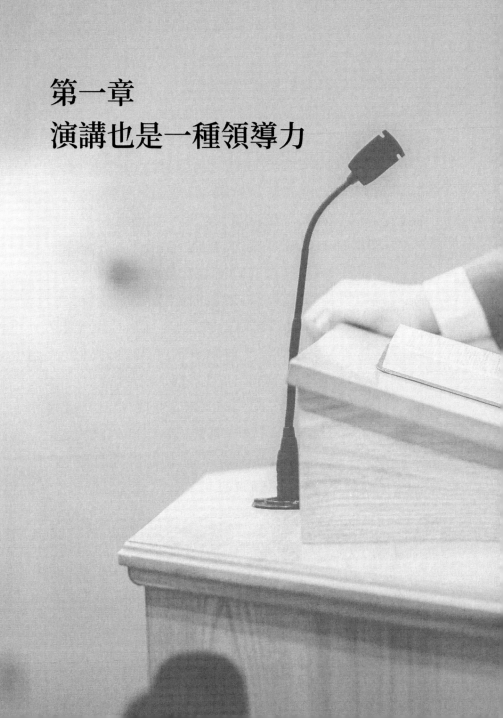

第一章
演講也是一種領導力

第一章　演講也是一種領導力

　　所謂領導力，指的是當領導者的能力。如果你覺得這個解釋還是太抽象的話，用相對具體的定義來詮釋領導力是這樣的：領導力是指在管轄的範圍內以最小的成本來達成某件事情的效率。根據領導力的定義，我們會看到它存在於我們周圍，在管理層、在課堂、在球場、在政府、在軍隊、在上市跨國公司、在小公司直到一個小家庭，我們可以在各個層次，各個領域看到領導力，它是我們做好每一件事的核心。

　　一個頭銜或職務不能自動使人擁有領導力。在領導大家的工作過程中，說服比命令有效，引導比驅趕有效，鼓動比強制有效。領導意志的貫徹、工作的推動，很多時候需要依靠口才。而領導者在具體的工作事務中，不可能總是一對一地交流、溝通、傳達、匯報，很多時候需要面對數十、上百、上千甚至更多的人來表達自己、傳播自己。因此，演講也是一項重要的領導力。一個有領導力的人，他善於說服、引導、鼓動、激勵別人跟隨自己，而不是簡單地用命令與威脅的手段來驅使他人。

演講可以提升執行力

　　所謂執行力，指的是貫徹策略意圖，完成預定目標的操作能力。執行力在近年引起了許多企業主管的特別重視。通用汽車副總裁馬克・赫根（Mark Hogan）對領導者的描述是

這樣的:「記住,是人使事情發生,世界上最好的計畫,如果沒有人去執行,那它就沒有任何意義。我努力讓最聰明、最有創造性的人們在我周圍。我的目標是永遠為那些最優秀、最有天才的人們創造他們想要的工作環境。如果你尊重人們並且永遠保持你的諾言,你將會是一個領導者,不管你在公司的位置高低。」

如何提升企業的執行力,各種理論、方法、策略可謂汗牛充棟。其中,主管的演講水準是戰術層面的重要法寶之一。我們知道,一個人要自動自發地去執行一個策略或任務,最好的方法的激起其心中強烈的慾望,要讓他知道為什麼要這樣做,這樣做對於企業、團隊、個人有什麼好處,而不這樣做會有什麼壞處。

主管可以運用演講這一工具,來說服、引導、鼓動聽眾們,就如同讓聽眾們和自己共乘一架飛機,去往自己希望他們到達的地方。這些聽眾中有的人不喜歡去那裡,在旅行途中有著千奇百怪、眾口難調的需求。身為機長,你要克服他們一路的冷漠、疑惑、吵嚷、抗議甚至劫機,安全平穩地將所有乘客降落在目的地。由此看來,演講是一個領導者審視自身能力高低的試金石。一個善於演講的領導者必然擁有堅定的自信、敏銳的眼光、豐富的知識、縝密的思維、機智的應變。

第一章　演講也是一種領導力

在日本偷襲珍珠港後的第二天，美國總統羅斯福在參眾兩院聯席會議上發表了〈一個遺臭萬年的日子〉的著名演講。他的 6 分半鐘簡明有力的演講產生巨大的反響，使參眾兩院分別以絕對多數票透過了美國向日本宣戰的聯合決議。

諸如此類的領導人的演講，對貫徹他們的策略意圖，完成他們的預定目標，有很強大的助推作用。可見演講能夠提升執行力。

鼓舞士氣的戰鬥號角

演講常常被軍事家用以動員部隊、鼓舞士氣、激勵鬥志。戰爭開始前的組織發動，激烈戰鬥中的添力鼓勵，戰爭結束後的祝捷慶功，相關人員總要發表簡潔而極富鼓動力的演講，一語千鈞，震撼人心。古今，這樣的事例不勝枚舉。例如：西元前 209 年（秦二世元年），陳勝在大澤鄉起義時對他的「徒屬」發表演說：「且壯士不死即已，死而舉大名耳，王侯將相寧有種乎！」話雖不多，容量極大，鼓動性極強。將「徒屬」稱為「壯士」，使其精神境界昇華，最後一句畫龍點睛，一反傳統理論，表示了對「王侯將相」的蔑視和對自己力量的信任。這句斬釘截鐵、富有哲理、富於啟發的提問，產生了極大的感染力和激發力。徒屬們當即「敬受命」，於是揭竿起義，達到了陳勝當眾演說動員起義的目

的。又如，1944 年 6 月，蒙哥馬利元帥在諾曼第登陸中對擔負突擊任務的士兵發表的演說，對士兵產生了極大的鼓舞。他說：「你們在於一件無與倫比的大事業。世界將透過你們完全變一番模樣，歷史將為你們樹立一座忠義碑，寫上：你們是迄今最優秀的軍人！這場世界上從未有過的拔河比賽，這些即將開闢第二戰場的軍人們所負的責任是成功地執行自己的任務，並最後以一個令人自豪的身分，回到家裡，同親人團聚。」他的話頓時激發了士兵們大無畏的戰鬥精神，士兵們高呼：「元帥的貝雷帽和演講給了我們撲向死神的力量。」

氣可鼓，不可泄。在企業與團隊當中，也存在一個「士氣」問題。當企業中瀰漫著萎靡之風時，一場熱情澎湃的演講可以令士氣大振。當然，你不必等到出現問題再來解決，你可以定期或不定期地利用一些例會，時不時地給自己的下屬鼓勵助威。

做得好說得好，前程自然好

傳統的好主管是老黃牛式的，少說多做，甚至光做不說。但這種老黃牛在今天已經不適應時代潮流了，這個時代，更需要大家在溝通中協力做事。

要想當領導者，在做得好的基礎上，還需要說得好。主管來視察，在歡迎與歡送會上，你能否做一個精彩的演講，

第一章　演講也是一種領導力

交一份優秀的答卷 —— 這與你的仕途息息相關。我們經常看見一些主管，在向上司匯報工作時神情緊張，言辭失當。這樣的人，很容易失去上級的賞識，也就失去了晉升的機會。

　　甄選演講與一個人在職場或政界晉升有了直接關係。幾個候選人本來不相上下，全靠一場或幾場演講來贏得上級的青睞與大家的支持。甄選演講因為其競爭方法直觀、公平，正被越來越多的公司所接受。

　　日本前首相田中角榮少年時患有口吃，因此口才一直很差。在一次競選日本眾議員的演講集會上，田中角榮一上臺就引起大片喝倒彩的浪潮。當他硬著頭皮、結結巴巴地作自我介紹時，一些聽眾甚至不耐煩地高聲提出自己不是來聽他將經歷的。田中角榮窘迫得臉色蒼白、語無倫次，連自己也不知道自己說了些什麼。他後來回憶當時的情景，坦白承認自己差點哭了。可想而知，這樣的人是不會贏得選民的支持，即使他有一腔的治國方略，也枉然，因為他無法傳達給眾人，所以沒有人知道他有才能。好在田中角榮知恥而後勇，為了克服口吃，練就演講技巧，他常常朗讀課文，為了準確發音，他對著鏡子糾正嘴和舌頭的配合，嚴肅認真，一絲不苟。最後，隨著他政治經驗的豐富與演講技藝的提升，終於在 54 歲那年成為日本首相。他在競選首相時，居然被眾人驚呼為演講天才。

面對臺下許多的大眾或下屬，認識的或不認識的，贊同自己的或不贊同自己的，學識比自己高的或比自己低的……形形色色的人，各種難以預料的插曲，你要說服他們、引導他們、鼓動他們、激勵他們跟隨自己，這很難，但正因為難，才區分了人之高下。

邱吉爾：一副假牙拯救了全世界

大多數人之所以知道邱吉爾，是因為他是一個傑出的政治家。在上個世紀，邱吉爾帶領英國獲得第二次世界大戰的勝利。

其實，邱吉爾還是一個偉大的作家、記者與演說家。他在 1953 年獲得過諾貝爾文學獎。他最著名的作品有《第一次世界大戰回憶錄》，六卷本的《第二次世界大戰回憶錄》，還創作了《倫道夫‧邱吉爾勛爵傳》、《英語民族史》等多部小說和回憶錄。他一生中寫出了 26 部共 45 卷（本）專著，幾乎每部著作出版後都在英國乃至全世界引起轟動，獲得如潮好評，被翻譯成多國文字在世界各國廣為發行，以致《泰晤士報》一度斷言：「20 世紀很少有人比邱吉爾拿的稿費還多。」此外他十分喜歡繪畫，年輕時曾有多幅作品在拍賣會上被買走。

瑞典學院在授予邱吉爾諾貝爾文學獎的頒獎詞中說：「邱

第一章　演講也是一種領導力

吉爾成熟的演說，目的敏捷準確，內容壯觀動人，猶如一股鑄造歷史環節的力。……邱吉爾在自由和人性尊重的關鍵時刻的滔滔不絕的演說，卻另有一番動人心魄的魔力。也許他自己正是以這偉大的演說，建立了永垂不朽的豐碑。」S‧席瓦茲院士在頒獎詞中還說，「邱吉爾在政治上和文學上的成就如此之大……此前從未有過一位領袖人物能兩樣兼備，而且如此傑出。」的確，為邱吉爾樹立了不朽的豐碑的不僅是他的作品和演講，而且是他身為一個政治家和反法西斯鬥士的光輝業績。

　　邱吉爾在多次競選議員的議會辯論中，發表了許多富於技巧而且打動人心的演講。邱吉爾於 1940 年透過競選成為英國首相，當時正是殘酷的二戰硝煙初起。在通往勝利的漫長而又艱苦的歲月裡，邱吉爾在其演講中多次發出奮戰到底的誓言，以其雄辯慷慨的演講口才激勵了廣大軍民的士氣。他說：「我們將永不停止、永不疲倦、永不讓步，全國人民已立誓要負起這一任務：在歐洲掃清納粹的毒害，把世界從新的黑暗時代中拯救出來。……我們想奪取的是希特勒和希特勒主義的生命和靈魂。僅此而已，別無其他，不達目的，誓不罷休。」邱吉爾在世人心目中已成為英國人民英勇不屈的抗爭精神的集中象徵。

　　邱吉爾一生中的數百篇演講可謂篇篇出眾。他曾被美

邱吉爾：一副假牙拯救了全世界

國《展示》雜誌列為近百年世界最有說服力的八大演說家之一。第二次世界大戰中，就在德軍於 1941 年 6 月 22 日大舉入侵蘇聯的當晚，邱吉爾即發起了援助蘇聯抗擊德國法西斯的演說。在邱吉爾的演講稿上，後人發現有他的親筆標示，如：「此處論據不足，應該提高嗓門」。可見邱吉爾對於演講思索的工夫之深。邱吉爾在撰寫演講稿的時候總是把聽眾的理解能力定位在 12 歲孩子的水準上。

鮮為人知的是，青年時的邱吉爾並不善言辭。由於 20 多歲時便掉了口腔上排的牙齒，他說話漏風，每次開口說話就臉紅。後來，直到英國著名牙醫威爾弗萊德‧費希為其量身定做了一口上好的假牙。邱吉爾才擺脫說話漏風的尷尬。很多年後，幾封邱吉爾離任首相前寫給費希醫師的感謝信曝光，世人才知道邱吉爾這段歷史。於是有人驚呼道，一副假牙拯救了全世界！

邱吉爾從來沒有上過大學，他的淵博知識和多方面才能是經過刻苦自學得來的。年輕時，身為隨軍記者的邱吉爾駐軍於印度南部的邦加羅爾，在那裡有半年多的時間裡他「每天閱讀四小時或五小時的歷史和哲學著作」。自那以後，邱吉爾從柏拉圖、吉本、麥考利、叔本華、達爾文等著名思想家、哲學家、歷史學家和生物學家的著作中吸取了豐富的思想養分。這使他的思想更加深刻，人生信念更加堅定，也使

他成長為「我們生活的時代裡最傑出和多才多藝的人」。

　　由此可見，要成為一個演講高手，是需要相當的文化知識作為基石。只有將基礎知識打牢固，才能讓演講呈現出精彩的一面。

第二章
登臺前的幾個重要問題

臺上一分鐘，臺下十年功。無論登什麼臺，扎實的準備工作都是必不可少的。

你在登臺之前，先要問自己幾個問題：我為了什麼而登臺？我面對的聽眾是哪些人？他們有什麼需求？我該如何在自己的目的與他們的需求中找到平衡？

只有先想清楚了這些問題，你的演講才能做到有的放矢，對症下藥。

我為了什麼而登臺

我為什麼而登臺呢？

—— 也許，有很多人覺得這個問題多餘得可笑。答案也會五花八門：因為我是領導者啊；因為他們邀請了我呀；我只想鍛鍊一下口才與膽量；這是一個難得的展示自己的機會……

以上這些含混不清的原因，帶來的將是一個含混不清的演講，並最終使你的演講變成一隻無頭的蒼蠅般嗡嗡亂叫。

管理交流的專家們認為：演講的目的應該盡可能清晰準確。比如：我想說服大家支持我的某個觀點；我想推銷我們公司新開發的產品；我想將我的某個感悟與眾人分享；我想帶給大家開懷大笑。

　　只有你清楚明了自己為了一個什麼目的而登臺，才能夠在這一目的的指引下，定下恰當話題。話題只有一個，不要東拉西扯，如果想把什麼都一股腦說出來，這樣的結果什麼都說不好。

　　盡量不要打無準備之仗。諾曼・湯瑪斯建議：「在重要演講之前，演講者一定得先在心中對主題反覆斟酌，把演講準備變成自己生活的一部分。這麼一來，無論你在街上行走、看報、睡覺或起床，都可能會發現有利於演說的生動事例，也可能發現某種演講技巧。」

　　此外，值得注意的是：在很多情況下接受演講邀請是正確的選擇──但前提是，你有足夠的時間和精力去做準備，並一心一意地完成它。除非演講是最讓你放心不下的事情，也是你最關心的事情，否則還是不要演講為妙。這是你的演講充滿熱情並讓你與聽眾實現溝通的唯一途徑。如果你不是真的有興趣與人交談，那麼聽眾立刻就會判斷出來，作為回報，他們不會對你表現出任何興趣。這樣，你反而事與願違、吃力不討好。所以，如果你的心思在別處，那就不要發表任何敷衍式的演講。因此，所謂「我為什麼而登臺」也隱含了「我為什麼要登臺」之意。

我面對的聽眾有何特色

　　任何一個登臺的演講者，都希望自己的演講能吸引住臺下的更多的聽眾。要吸引他們，就需要在一定程度上「迎合」他們。他們是一群什麼樣的人，有什麼年齡特點、性別特點、教育狀況、職業特點、文化特點甚至宗教信仰？

　　演講既不是演講者本人頭腦中的一個意圖，也不是單純的一篇文稿。演講的意義不全在於聽眾聆聽演講者的演講，它必須是演講者與聽眾進行交流的產物。任何一次演講都是由兩部分組成的，演講者本人的演講以及聽眾對演講本身的反應和評價。因此，聽眾分析就不只是演講準備工作中的一個單純步驟。事實上，它提醒你在心中要時時裝著你演講的「共同創造者」——聽眾。

　　你之所以對特定人群發表演講，是為了給他們施加一定的影響。如果你不知道這群人的構成，你就無法決定該演講些什麼、重點強調什麼、如何最佳地組織和表達你的觀點等等。對你的聽眾進行詳盡的分析研究，包括他們的年齡、性別、態度以及期望，這些都和你的演講準備工作息息相關。

　　聽眾之中，各類人等都有。有些聽眾群中，其成員彼此間或許有著許多的相似性；而在另一些聽眾群中，成員之間則可能毫無共性。但即便是同一個聽眾集團，如果我們選擇了不同的角度，其同質性和異質性也會殊為不同。譬如：某

個聽眾群可能在性別上同質性相當高。例如：主要都是女性。而在贊成或反對你的主張時則異質性相當高。

在演講中，演講者如果摸清了聽眾的構成，設想自己處在聽眾的地位或境遇中，就能最大限度地滿足聽眾的心理需要，從而使演講者與聽眾的心理相容，使自己的演講讓聽眾聽得進，易接受。

舉個例子來說，對孩子們演講時，你千萬不要講那些兒童不宜的笑話。你不要對他們講火箭發射的原理，只講基本常識就好了。而如果你面對的是一群上了年紀的人，就不要擺出一副高高在上的樣子。年長的聽眾往往比年輕聽眾更有智慧，而且他們的知識面更廣。你要迎合他們的經驗和智慧。面對宗教團體和少數民族聽眾，如果你不是他們中的一分子，那麼就不要假裝自己是，你尤其要注意避免使用帶有排斥、歧視的語言、論點或具有攻擊性或盛氣凌人的引言。面對有聽力障礙或語言不流利的聽眾時，說話時要比平常加倍小心，不要過度追求「文學」效應。

如果聽眾中有女性：不要使用純粹的男性用語（你可以避免這一點），而且不要開一些侮辱女性或大男子主義的笑話。

如果女性是聽眾的重要組成部分，那麼你應該記住的是，女性通常比男性更富有想像力。他們有能力針對任何問題思考更多的論點和立場。

第二章　登臺前的幾個重要問題

上面這些還只是一些基本的原則。如果你想將演講的答卷交得更漂亮一些，在了解聽眾時還需做好以下準備工作：

❖ 他們將誰視為英雄和偶像 —— 你可以引用此人的事例來支持自己的觀點。

❖ 他們將誰視為壞蛋和小丑 —— 你可以將此人的事例作為自己的對立面加以批駁。

❖ 他們認為哪種常用的類比形式是符合邏輯且具有說服力的？哪些文化、科學、常識能夠為他們所理解，並且能夠為演講所引用？

❖ 他們確定目標、事實和邏輯的依據是什麼？你如何定位自己的演講論點，以便為他們所認同？

你了解的情況越多，演講中你就越能踩準聽眾的興趣點。你踩準了他們的興趣點，聽眾們就會更認真地聽你演講，並在不知不覺中被你說服與鼓動。

聽眾又是為何而來

無論你怎樣吹噓你的演講，聽眾們只需要你回答一個問題：「有什麼內容對我有用？」成功地回答這個問題，可以很好地幫助你和聽眾建立良好的互動關係。為了能回答得成功，你需要知道聽眾們為何而來，然後盡可能地去滿足他們。

從聽講的目的來看，聽眾大致可分為以下幾種類型：

❖ **求知而來**：身為公司領導者，你有著相對豐富的工作經驗，聽眾希望從你的演講中學習到做事與做人的成功經驗。此類演講只要內容充實，條理清晰，聽眾一般不會過於挑剔演講技巧。

❖ **存疑而來**：聽眾對自己渴望了解的演講話題總是抱著有極大的興趣。例如：調整薪資、新的專案介紹等演講。此類聽眾只要求演講者把演講內容交代清楚，他們對演講者的身分、地位及演講水準不會有苛刻的要求。

❖ **捧場而來**：因為你是主管或下屬或朋友，而且職位不低，大家都是來捧場的。如果聽眾只是為這樣的演講目的來聽的，你不妨選擇一些輕鬆的話題，簡短地進行演講。你可以在這樣的演講中，突出自己身上的某項特質，如幽默、平易近人或真誠。

❖ **娛樂而來**：公司年底的酒會或某項內部體能活動的致辭。大家都是來圖「熱鬧」和「好玩」的，你只需要結合當時的情境，用盡可能簡短的、熱情洋溢的言辭表示祝福與感謝。

❖ **不得不來**：工作報告、經驗交流、各種慶典的會場上，有相當一部分聽眾是由於紀律約束或出於禮貌而不得不來的。這類聽眾對演講內容不甚關心，演講過程中心不

在焉，反響冷漠。要征服這類聽眾，演講者必須具有較高超的演講技巧。

前面我們說了，在登臺之前，演講者需要明確自己的演講目的。在這裡，我們又強調要盡量滿足你的聽眾。那麼，可能出現的一個問題是：你的目的與聽眾的需求產生錯位。到底該偏向誰呢，這完全因事而異。但無論如何，你都要在事先做到心裡有數。就像我們前面曾經打過的一個比喻：演講就是說服、引導、鼓動聽眾們和你共乘一架飛機，到你希望他們到達的地方。但聽眾並不願意，他們不想動，或者希望坐汽車、火車出發。這時，你要告訴他們，前去的地方是如何美妙，而飛機又是一種高效安全的交通工具。你要強調的是「這樣做」聽眾會得到什麼，而不是「你必須這樣做」或「你這樣做我能得到什麼」。

有某些演講失敗，並不完全是演講者缺乏足夠的準備，而是聽眾對與己無關的演講缺乏興趣。聽眾往往考慮那些與他們切身利益密切相關的事情。例如：晉升職務、調整薪資、薪資改革的話題總是比計畫生育、人口普查、道德教育等話題更引人關心。因此，演講者應充分注意聽眾的興趣和利益，不論何種類型的演講，都應從聽眾角度精心選擇和設計疑難問題的解答，配合精神上的娛樂和放鬆等內容，對聽眾而言既有一種功利的收穫，又能滿足聽眾「自我中心」的需求。

我擬訂的標題有吸引力嗎

　　莎士比亞問：「名字有什麼意義呢？玫瑰如果叫其他名字，聞起來還一樣芳香。」但是，那些芬芳的花朵賦予了其所對應的花名以美好的聯想。如美好的聯想可移植到我們演講的標題當中，你演講的標題是能夠吸引聽眾的。假如你的標題讓人感覺沒興趣，也就沒有人會願意來「聞」你的演講 —— 無論它有多麼的「香甜」。

　　這裡有一個很恰當的例子。在一次電腦行業的會議上，會議的主持人需要為這次活動的節目擬定一個標題，他提出用「在高科技領域中融入幽默」，而參與者張先生的建議是使用「高科技並不一定是枯燥的科學」。那麼你想參加哪個呢？哪個標題才能表明演講可能是更加有趣而且更加具有創造性的人呢？第一個標題聽起來就讓人感覺厭倦而且毫無想像力。而第二個標題卻對你有很強的吸引力。

　　也許有人會覺得第二個標題雖然吸引人，但是它卻沒有明確地說明演講的主題 —— 如何使用幽默。而第一個標題雖然乏味，但卻能清楚地表達主題。這不是問題，如果你堅持認為是的話，非常容易協調，那就在後面加上副標題：「高科技並不一定是枯燥的科學：在高科技領域中融入幽默」。

　　儘管每一篇演講都需要有一論題和演講目的，但並不是每一篇演講都需要有一個標題。那些必須有一個標題的情況

第二章　登臺前的幾個重要問題

是：需要進行預先宣傳時，需要影印出來時以及需要對演講者進行正式介紹時。除非有一個明確的期限要求宣布你的演講標題，你可以推遲確定標題的工作，直到演講完成之後才來考慮這個問題。

標題可以以任何語法結構的形式出現。它可以是一個陳述句、一個問題、短語或片段。如 ——

❖「言論自由瀕臨危險」；

❖「自由言論真的自由嗎」；

❖「對言論自由的威脅」；

❖「言論自由：一種處於危險中的自由」。

不要把論點陳述句和演講標題混淆起來。論點陳述句是用來組織和構思演講的陳述句，演講標題則不是。

一個恰當的標題必須能激起聽眾對你的演講內容產生興趣，並使得他們急於洗耳恭聽。在某些時候，一個比喻、一句引用語或者與你的演講相關的一個典故都可以是標題。

在展示你的聰明或學識時，千萬不要選擇令聽眾迷惑不解的標題，從而弄巧成拙，諸如「你，一塊海綿？」或者「西克莫的赫拉克利特」之類的標題只會讓聽眾失去興趣。

標題務必要簡潔明了，避免冗長拖沓或者充斥了晦澀艱深的專業術語和學術名詞。你的標題不應該過於繁瑣。

　　為了幫助你如何給自己的演講找一個很棒的標題，我們將演講劃分為資訊型、說服型、情感型這三大類，以方便講解。

　　如果你的根本意圖是傳播資訊，那麼標題一定要以事實為依據，而且不要累贅，例如：「房地產的前世今生。」

　　如果你希望表現出說服力，那麼標題就要展現觀點。例如：「房價：經濟的毒瘤。」

　　如果你希望聽眾體會到情感，那麼就把它注入標題中，例如：「誰不想要一個家 —— 高房價的痛楚」（必須指出的是，未成為「房奴」的人更容易接受情感型標題）。

　　以上說的是一些大而泛之的標題擬訂方法，下面我們再具體介紹一些切實有效的小技巧：

❖ 用一組令人興奮的詞語，如「用你的服務贏得客戶的忠貞不渝」。

❖ 用一首流行歌的名字作標題，如「愛拚才會贏」。

❖ 運用類比，如「真相如同玫瑰一樣帶著刺：娛樂圈繁華的背後」。

❖ 疑問句，如「OEM 到底是餡餅還是陷阱」。

❖ 結合最近的某件大事，如「2022 年的俄烏戰爭看金融危機」。

第二章　登臺前的幾個重要問題

我的準備工作是否完備

　　身為領導者，我們從中要總結出兩個經驗教訓：一是公開辯論具有力挽狂瀾的神奇作用；辯論是這樣的，單純的演講也是如此（公開辯論是一種多人參與的互動演講）。一場演講甚至可以改變歷史 —— 如馬丁‧路德的〈我有一個夢想〉，一場毫無準備的演講可以讓自己跌入深淵。

　　我們這一節重點講如何做好演講前的準備工作。除了我們前面談到過的一些總體面的準備工作之外，在演講前，你還需要具體落實每一個細節上的準備工作。這些準備工作如下：

　　我發表演講的確切時間是什麼？在我之前和之後發言的人是誰？我的演講時間有多長？我的演講詞是否寫好（或有了腹稿）？我是否還需要做額外的事情（回答問題，宣布開場，頒獎或抽獎）？要帶哪些輔助設備（投影片、圖片等）？該如何保證準時到達？聽眾可能的質疑與反對是哪些？該如何應對⋯⋯

　　總之，你的準備越充足，各方各面想得越周全，演講的勝算就越大。

第三章
一上場就抓住聽眾的心

我們不止一次地將一次演講比作飛機的一次飛行（這一點在本書你會反覆看到）。在這種模式下，開場白就好比是飛機的起飛。乘客們希望起飛平穩。他們希望吃著花生米，喝著礦泉水，看看雜誌，就到了想去的地方。他們不希望總待在跑道上，不喜歡飛機升空太快，不喜歡飛機在天上傾斜得太厲害，也不喜歡讓他們使用嘔吐袋。如果飛機的起飛很糟糕，可能會有兩件事發生：飛行員失去信譽（每個人都會懷疑他們是否真的會駕駛飛機），乘客們會擔心剩下的旅程—— 他們認為會有更多的驚險。

　　演講中同樣會發生這樣的情況：你就是飛行員，聽眾就是那些乘客，他們希望演講的開場白能平穩地引出主體內容；你在開場白中的表現會影響你的信譽，還有聽眾們對剩下的內容的看法。

這樣的開場白最精彩

　　演講的開場白極為重要，如果演講伊始不能先聲奪人，吸引聽眾，那麼後面的言論再精彩也會大打折扣。因此，高明的主管在設計開場白時，總是煞費苦心、匠心獨運，用新穎、奇趣、敏慧的寥寥數語，在瞬間裡集中聽眾注意力，從而為接下來的演講內容順利地搭梯架橋，精彩的開場白主要有以下幾種：

■ 奇言妙語，石破天驚

李敖某次在才子如雲的高等學府裡演講，第一句話居然是：「各位終於看到我了！」這句桀驁不馴的話贏得了大家的熱烈掌聲。

聽眾對平庸普通的論調都不屑一顧，置若罔聞；倘若發人未見，用別人意想不到的見解引出話題，造成「此言一出，舉座皆驚」的藝術效果，會立即震撼聽眾，使他們急不可耐地聽下去，這樣就能達到吸引聽眾的目的。

在某大學的畢業典禮上，校長他一開口就讓莘莘學子驚訝萬分：「我本想祝福大家一帆風順，但仔細一想，這樣說不恰當。」校長故意賣個關子，讓臺下學子們「嗡嗡」小聲交流了片刻，繼續說──「說人生一帆風順就如同祝某人萬壽無疆一樣，是一個美麗而又空洞的謊言。人生漫漫，必然會遇到許多艱難困苦，比如……」中間的論證我們就不再贅言，總之他最後得出結論：「一帆風不順的人生才是真實的人生，在逆風險浪中奮鬥的人生才是最輝煌的人生。祝大家努力奮鬥，在坎坷的征程中，用扎實有力的步伐走向美好的未來！」他的開場白擯棄了常見的「一帆風順」式的吉祥祝福，反彈琵琶，從另一角度闡述出了人生哲理。第一句話無異於平地驚雷，又宛若異峰突起，怎能不震撼人心？

需要注意的是，運用這種方式應掌握分寸，弄不好會變

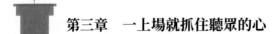

為譁眾取寵。例如李敖的桀驁不馴，是因為他的學識與聲名匹配他的豪言。而那個校長的反彈琵琶，也能將道理說的實實在在、深入人心。因此，所謂的「奇論妙語，石破天驚」不是為了追求怪異而大發謬論、怪論，也不能生硬牽扯，胡亂昇華。否則，極易引起聽眾的反感和厭倦。須知，無論多麼標新立異，始終應建立在正確的主旨之上的。

■ 製造懸念，激發興趣

人們都有好奇的天性，一旦有了疑慮，非得探明究竟不可。為了激發起聽眾的強烈興趣，可以使用懸念手法。在開場白中製造懸念，激起聽眾的好奇心，從而促使聽眾盡快進入演講者的主題框架。

某市政府官員在演講開始時首先向聽眾提問：「人從哪裡老起？」聽眾紛紛作答，有的人說人從腳老起，有的說人從頭腦老起，會場氣氛十分活躍。官員最後自我作答：「我看我們不少人是從屁股老起。」全場哄堂大笑。官員繼而解釋道：「某些官員不深入實際，整天在『會議』裡，坐而論道，那屁股就遭殃了，又要負擔上身的重壓，又要與板凳摩擦，夠勞累了。如此一來，豈不是屁股先老嗎？」

這位官員在抨擊意識形態之前，先利用一個提問製造了第一懸念，調動了全場聽眾的興趣，然後利用一個出乎聽眾意料的自答製造了第二個懸念，使聽眾在笑聲中等待懸念的

解開，從而有效地掌控了聽眾的情緒。

製造懸念的開場白，最適用於秩序雜亂的演講場合。比如：有位學者應邀到某師範學校舉辦講座。因為這位學者不是很有名氣，所以當時會場秩序比較混亂，學生對講座不感興趣。學者見狀，上臺後並不說話，先是在身後的黑板上寫了一首詩：「月黑雁飛高，單于夜遁逃。欲將輕騎逐，大雪滿弓刀。」寫完後他說：「大家都知道，這是一首有名的唐詩，廣為流傳，又選進了中學課本。大家都說寫得好，我卻認為它有點問題。問題在哪裡呢？等會我們再談。今天，我要講的題目是「讀書與質疑」……」這時全場鴉雀無聲，學生的胃口被吊了起來。直到演講快要結束時，學者才給出答案：「這首詩問題在哪裡呢？不合常理。既是月黑之夜，怎麼看得見雁飛？既是嚴寒季節，北方哪有大雁？可見，讀書不能死讀書，要有質疑的精神。」即首尾呼應，又與主題緊密結合，這樣的開場白真是精彩無比。

■ 震撼出擊，扣人心弦

某年 30 多位著名企業家在香港群體拜會了世界華人首富李嘉誠先生。其中，李嘉誠先生的開場白如下：

當我們夢想更大的成功的時候，我們有沒有更刻苦的準備？

當我們夢想成為領袖的時候，我們有沒有服務於人的

謙恭？

當我們常常只希望改變別人，我們知道什麼時候改變自己嗎？

當我們每天都在批評別人的時候，我們知道該怎樣自我反省嗎？

李嘉誠的這四個很震撼的問題，引起了來訪的 30 多位著名的企業家的深思，不得不屏住呼吸聆聽李嘉誠的演講。

■ 幽默開路，趣味十足

幽默的語言或事例作為演講的開場白，能使聽眾在輕鬆愉快之中很快進入演講接受者的角色。幽默的開場白，一定要選多數人所不知道的幽默，否則效果就會大打折扣。此外，注意不要用傷人的幽默，一定不要傷人，只能傷自己 ── 即自嘲。胡適在一次演講時這樣開頭：「我今天不是來向諸位作報告的，我是來『胡說』的，因為我姓胡。」話音剛落，聽眾捧腹大笑。這個開場白既巧妙地介紹了自己，又展現了演講者的風度，而且活躍了現場氣氛，形成了演講者與聽眾的心理共鳴，一石三鳥，堪稱一絕。

幽默式開場白切忌低級庸俗的笑話或粗俗的語言。雖然這種開場白也能引起笑聲，但這種笑聲是聽眾對演講者的嘲笑。這種所謂的「幽默」，不僅損壞了演講主題的價值，也貶低了演講者在聽眾心目中的人格形象。

這樣的開場白最實在

除了上述精彩的開場白之外，還有一些實實在在、行之有效的開場白。下面我們介紹幾種這樣的開場白：

■ 閒聊式

閒聊式開場白透過與主題無關的話題逐步導入演講主題，其主要目的是在開場白階段迅速與聽眾建立友好關係，消除隔閡或等級差異。這在某些名人、權威者的演講中使用較多。

值得注意的是，閒聊式開場白適用於「大人物」用來展示自己的平易近人，非此場合最好不要用，因為這很容易讓開場白變成白開水式的廢話。

■ 即景式

一上臺就開始正正經經地演講，會給人生硬突兀的感覺，讓聽眾難以接受。不妨以眼前人、事、景為話題，引申開去，把聽眾不知不覺地引入演講之中。可以談會場布置，談當時天氣，談此時心情，談某個與會者形象……例如：你可以說：「我剛才發現在座有一位非常面熟，好像我的一位朋友。走近一看，又不是。但我想這沒關係，我們在此已經相識，今後不就可以稱為朋友了嗎？我今天要講的，就是身為大家的一個朋友的一點個人想法……」在教師節慶祝大

會上，如果天氣陰沉沉的，你可以這樣開頭：「今天天氣不太好，陰沉昏暗，但我們卻在這裡看到了一片光明。」接著轉入正題，謳歌教師的偉大靈魂和奉獻精神，他們燃燒了自己，照亮了別人和人類的未來。

即景式最適用於沒有任何準備的即興演講。這種開場白不是故意繞圈子，不能離題萬里、漫無邊際地東拉西扯。否則會沖淡主題，也使聽眾感到倦怠和不耐煩。演講者必須心中有數，還應注意點染的內容必須與主題相互輝映，渾然一體。

■ 故事式

用形象性的語言講述一個故事作為開場白，會引起聽眾的莫大興趣。選擇故事要遵循這樣幾個原則：要短小，不然成了故事會；要有意味，促人深思；要與演講內容有關。

1962 年時，82 歲高齡的麥克阿瑟回到母校 —— 西點軍校。一草一木，令他眷戀不已，浮想聯翩，彷彿又回到青春時光。在授勛儀式上，他即席發表演講，他是這樣開的頭：「今天早上，我走出旅館的時候，看門人問道：『將軍，你要去哪？』一聽說我到西點時，他說：『那是個好地方，您從前去過嗎？』」

這個故事情節極為簡單，敘述也樸實無華，但飽含的感情卻是深沉的、豐富的。既說明了西點軍校在人們心中非同尋常的地位，從而喚起聽眾強烈的自豪感，也表達了麥克阿

瑟深深的眷戀之情。接著，麥克阿瑟不露痕跡地轉到「責任－榮譽－國家」這個主題上來，水到渠成，自然適當。

故事式開場白容易調動聽眾的注意力，對語言技巧的要求也比較簡單，故初學演講者特別適合於選用故事式開場白。如某理財專家在作演講時，是這樣開始他的演講：

大家一定會記得這樣一個傳說吧：阿拉伯有個神奇的山洞，裡面收藏了 40 個大盜偷來的金銀財寶和珍珠瑪瑙。只要掌握了一句咒語，洞門就會自動打開。有一天，一個叫阿里巴巴的人無意中知道了這句咒語，他打開了這個財寶之門，成為巨富。

演講者以人們熟知的阿拉伯傳說作為開場白，接下來就闡述理財的幾句「咒語」，獲得了較好的演講效果。

值得注意的是：故事式的開場白要避免複雜的情節和冗長的語言。

■ 開宗明義式

開門見山，用精練的語言交代演講意圖或主題，然後在主體部分展開論述和闡述。這種開場白方式可稱之為開宗明義式。

西元 1883 年，馬克思逝世，恩格斯發表了著名的題為〈在馬克思墓前的講話〉的演講：

3 月 14 日下午兩點三刻，當代最偉大的思想家停止思想

了。讓他一個人留在房裡總共不過兩分鐘，等我們再進去的時候，便發現他在安樂椅上靜靜地睡著了 —— 但已經是永遠地睡著了。

這個人的逝世對於歷史科學，都是不可估量的損失。這位巨人逝世以後所形成的空白，在不久的將來就會使人感覺到。

恩格斯的開場白以簡潔的語言交代了演講的中心論點：馬克思的逝世；馬克思的逝世是無產階級不可估量的損失。

開宗明義式開場白適合用於領導者們在正規、莊重的演講場合使用，它要求演講者具有較好的概括能力。

一個神奇簡易的開場白

想一想，如果你用諸如「100 年前的今天」之類的句式來作為開場白，會是一種什麼效果？

—— 一股歷史的厚重感撲面而來！

一個演講主題為「家庭和諧」的開場白，可以這樣：「在187 年前的今天，一個偉大的文豪在俄國的一個偏僻小站中孤獨地告別了人世。西伯利亞的寒流帶來的大雪，覆蓋著他短暫居住過的小木房，這個文豪，叫托爾斯泰。」托爾斯泰的夫妻關係很緊張，造成了晚年生活並不幸福。從這個角度，我們可以平穩地展開話題。

而假若你演講的主題不適合用這個歷史典故怎麼辦呢？不要緊，「歷史上的今天」一定會有適合你主題的歷史事件。你可以借助一個很好的現代化工具 —— 網路，方便快捷地尋找到大量「今天」的歷史。很簡單，鎖定你演講那天的日子，例如 7 月 20 日，筆者用「7 月 20 日歷史上的今天」這個關鍵字，用 Google 可以搜尋出數萬個相關網頁。歷史上的今天類似的資訊很多，你總能找到一個適合作為自己演講的開場白的。

最常見的失敗開場白

一步錯，全盤輸。失敗的開場白真是演講的一場災難，因為這意味著無論你後面如何努力，你都無法獲得一個理想的演講結果。比災難更災難的是，有些演講者甚至不知道自己是敗在開場白上 —— 他甚至還以為自己的開場白很棒。

最常見的失敗的開場白如下。

■「在我開始之前……」

這是有點荒謬的說法，就像飛機上的服務員問誰需要預先登機一樣可笑。當你走上飛機時你就已經登機了。當你說「在我開始之前」的時候，你就已經開始了。

第三章　一上場就抓住聽眾的心

■「本來我很忙……」

如果我是你的聽眾，聽到你這麼說，我的反應就會是「你忙我們就不忙？」類似的說辭還有：「我本來不想上臺，但……」是的，你可能確實不得不作一個自己不想做的演講，但是不要向聽眾抱怨。沒人願意聽到這些，而且這麼說也沒有用。

■「我沒有做好準備……」

這麼說是對聽眾的怠慢。既然你沒做準備，為什麼還要講？沒人願意浪費時間聽一個沒做過準備的人廢話。儘管這是個常識，還是有許多演講者犯這個錯誤。為什麼呢？他們只是想提前找好藉口。他們知道自己沒有好好準備，也知道演講會一團糟，他們想告訴觀眾，他們不是講不好 —— 只是沒做好準備而已。這個邏輯似乎是事先告訴聽眾演講比較糟糕，可能會讓聽眾失望。錯。這麼做很不好。如果你不得不作一個沒經過準備的演講，直接作就行。

■「對不起……」

除非你不小心打翻水杯，錯關掉電源，否則永遠不要用道歉來開始演講。首先，這麼做給聽眾的期待設定了很不好的基調。當你用道歉來開頭時，他們會想到不好的事情。要不然你為什麼要道歉呢？

其次，道歉會將聽眾的注意力引向他們本來不會注意的東西上去。這就是你不應該先道歉的原因。如果你不用道歉作為演講的開頭，聽眾們可能實際上會認為講得很好。如果你講得不好呢？後面再道歉也不晚。

■ 道具大師

主持人介紹完演講者，聽眾們熱情地鼓掌歡迎他作演講。演講者走上臺，走向講臺。他將一疊講稿大綱放到講臺上，並整理了一下講稿大綱的順序。然後看看麥克風，將麥克風調整到合適的位置。再戴上眼鏡，倒一杯水，並喝了一口水。最後他找到講臺上的燈光把燈打開。

聽眾們煩透了這種做法。如果演講者是滑稽啞劇演員也許很好，因為沒人會想從他那裡聽到什麼東西。如果不是，請事先準備好道具。

■ 淺顯、淺薄的見解

如：「這是一個陽光明媚的日子，令人神清氣爽。」

這話也許有人愛聽，如果你正在給一群八十歲老人演講的話。一群年富力強的成年聽眾坐在位子上，沒有時間與興趣聽你「今天天氣哈哈哈」之類的無聊言辭。

一個失敗的開場白樣本

有一個初次登臺的年輕主管，他小心謹慎，對聽眾特別的謙虛。他以為謙虛是有利而無弊的，如果講得好，人家覺得他其實講得挺不錯，卻客氣得很，真是一位彬彬有禮的主管；如果講得不好，因為他早已向大家打過招呼，人家一定能夠原諒他的。其實，他這樣的想法是想錯了，人家事情忙得很，哪裡來閒暇來聽你說廢話。

他向聽眾說：「大家好，實在抱歉！我的學識淺陋，經驗也不足，所以實在沒有什麼可說的話；而且我近來公事私事纏身，也沒有怎麼好好地準備，今天在這裡，實在沒有什麼話可說，再加上我又是不會說話的人，只好硬著頭皮上。我自知言辭中會出現不少的錯誤，還要請各位原諒，給我指正。」

現在，假定有一位主管說著上面的一段開場白，假定我是聽眾中的一位，我聽了上面的開場白後，心裡所想的寫在下面的括號中。

大家好，實在抱歉！（假客氣，你不曾有了什麼得罪我們的地方，何必說出這種話來呢！）我的學識淺陋，經驗也不足，所以實在沒有什麼可說的話，（你覺得學識淺陋、經驗不足，你不妨去多充實、多做些事，在這裡講些什麼廢話呢？你既沒有什麼可說的話，那你閉嘴立刻走出去！還

要嘮叨什麼呢？）而且我近來有些公事私事纏身，（人家也是很忙呢！你還是閉嘴吧，我們可以去忙我們的事，你可以去忙你的事，豈不更好！）也沒有怎麼好好地準備，（不要再囉嗦了，你還是去好好地準備以後再來說吧！）今天在這裡，實在沒有什麼話可說，（你還是走吧，既是沒有什麼話可說，那你現在要說些什麼話呢？）再加上我又是不會說話的人，（不會說話，不必說話好了，有誰強迫你說呢？）只好硬著頭皮上，我自知言辭中會出現不少的錯誤，（請你不必勉強，沒有人勉強你。你既自知有不少的錯誤，為什麼不先自行改正了再說呢？講些錯誤的東西給人家聽，不是害人嗎？你不「自知」，我們還可以原諒你；你既「自知」，那當然對你不能原諒的。我要問你，你自知錯誤而不改正，而且還要說出來，你是不是故意使壞？）如有不對的地方，還要請各位原諒，給我指正。（照你這種樣子，實在對你無可原諒；如要給你指正，就是請你不說為妙！）

各位讀者，相信你讀了以上這一段，以後在演講的時候，不會再說一段過度謙虛的開頭了吧！

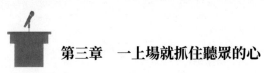

第三章　一上場就抓住聽眾的心

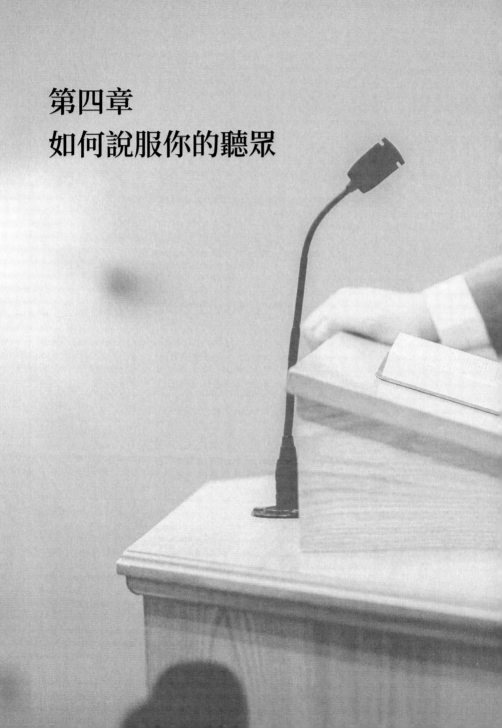

第四章
如何說服你的聽眾

演講大致可以分為「說明型」與「說服型」。前者是著重於說明與介紹，如「公司面臨的現狀」，提出事實供大家了解。後者則主要是為了說服，如「提高品質，擺脫公司現狀」，其目的是為了說服大家。當然，這兩者之間也存在交叉的情況出現，如某些新產品的發表會，即說明新產品的各項指標，同時又推薦新產品。

在領導者常見的演講中，以說服型的演講居多。說服客戶購買你的產品，或說服員工投你一票，或說服上級支持你的某項建議，或說服下級擁護你的某項決策……林林總總，不一而足。

說服型的演講最難做的，在於要改變一個人的思想觀點。你可以用手裡權力來迫使他人改變行為 —— 如「你不這樣做就處罰你」，但你無法改變他的思想，無法讓他從內心深處服了你。我們知道，沒有發自內心的熱愛、擁護，單純靠外力改變的行為，很容易流於表面上的形式主義，也不具備持久性。因此演講一定要讓大家心服口服。

要人相信必須自信

一個牧師到教堂傳道，約定的時間過了，但教徒卻遲遲沒有來。終於，牧師等得有些不耐煩了，他決定到教堂外去看看。走到教堂門口，牧師驚訝地發現了一幕 —— 他5歲

的兒子站在大門口，神氣地對著一列長長的一字長蛇陣大聲說：「等一下，要等一下才行！大家排好隊！」

原來，前來的教徒都被這個不懂事的小朋友擋在門外。小朋友的臉上冒著汗珠，有板有眼地打著手勢，眼睛裡顯示出不容置疑的神情，而長長的隊伍，被他指揮得整整齊齊。他其實是在學習幼兒園阿姨指揮小朋友排隊的樣子。

牧師看了，心裡一亮。當天，他臨時將傳道的題目改成自信。他從自己5歲兒子的這個遊戲談起，問教徒們為什麼一個5歲的小孩，能讓那麼多的大人們相信他、聽從他的指揮。「因為，他的樣子看上去是那麼自信！」牧師自己給出了答案。

在演講臺上，所謂的「自信」有兩層。一層是狹義上的自信，指自己要相信自己所說的話，也就是要說真話、說心裡話，不說謊話、大話。假定一個演講者預備演講的題目是「節儉」，如果他自己並不感覺到節儉的必要，他講起來一定是有氣無力的。他必須對於這個題目從內心裡發出熱誠來，深切地感覺到節儉的必要。他看到了那些「月光族」、「卡奴」背後的極大風險與隱患，抱著一種牧師宣傳福音的精神去勸說他們，使他們到了老年的時候還能有飯吃，有衣穿，並且還能有房子住，還能使他們的妻兒老小獲得生活的保障。他覺得那群花天酒地的朋友，如果自己不去勸說他們回

頭改過，那便是自己的一個極大的罪惡，自己將受到上帝的嚴厲的譴責了。這樣，他在演講的時候每一句話都有著金石之音，可以令人振聾發聵了。

　　卡內基曾經告誡自己的學員：「我們在試圖使別人信服之前，必須要先使自己信服。」而如果說謊話大話，首先你自己心裡就打鼓，又如何去說服臺下的大眾？即便你修練的厚黑功夫到火候，騙得了人家一次二次，以後再也騙不到人了。這就是有些官員為什麼在臺上慷慨激昂、振振有辭，而臺下聽眾毫無反應甚至心生厭惡的來由。當然，我們在上面所舉的例子中，那個牧師的兒子也在說謊話，但一個 5 歲的小孩的心理是不同於成人的，由於孩子的想像力極其豐富，他並未意識到自己是在說謊而具有強烈的自信。當然我們用其為例子，主要是說明自信能夠增強說服力，而不是告訴大家說謊時要像那個小孩那樣「演」得像真的一樣。

　　自信的第二層意思，是廣義上的相信自己，指的是相信自己的能力。卡內基曾在世界各地開辦演講訓練班。他的學生遍布全球。他曾向他的學生徵求學習演講的原因，幾千個受訓的學員的回答言辭雖然各不同，然而意思大致是一樣的，就是：「當我被人家點到要站起來講話的時候，不知怎的，我便立刻變得忸怩不自然，而且還有一些害怕，以致於我不能自由地思考，不能集中注意力；我預備要說的幾句

話，也不知怎麼地一片空白，怎麼都想不起來。我需要獲得自信、鎮定和自如思考的能力；我希望能夠把我所想的作有條理的記憶，並且能夠在普通大眾的面前，把我所要說的話，清晰而有力地講出來。」這些答案，簡單地說，就是希望有一種在當眾說話能夠從容自如的本領。

如何讓扭捏害羞的你在演講臺上顯示出自信的風采呢？卡內基在《怎樣使你的談吐更動人》中介紹了一個方法：裝作信心十足。

卡內基認為，自信不是從天而降的，對於不夠自信的演講者來說，不妨先從假裝開始。裝出十分勇敢的樣子，用這種英雄氣概暫時取代怯懦。時間一長，假的就會不知不覺變成真的了。

只要準備得充分，你就昂首挺胸走上臺去把，步履矯健些，神態輕鬆些。在面對聽眾之前三十秒內做一次深呼吸。大量的氧氣會使你興奮，給你勇氣，身體姿勢要挺拔，目光要和聽眾對視，然後大膽地開始講話吧！你心裡可以這樣想，這些人都欠你的錢，他們到這裡來都是為了乞求你的寬限的。

庫什納談可信度

問：你知不知道什麼時候參議員在說謊？

答：當他們的嘴唇在動的時候。

—— 這個國外的小笑話也展示了當沒有人願意相信你說的話時，你將會面臨怎樣的境況。

可信度也就是可被相信的程度，它是你能賦予你的演講的最重要素養之一，而且它還能彌補你在演講中的許多過失。當你的演講可信度很高時，人們不會在乎你的演講是否完美。為什麼呢？因為聽眾相信你所說的話。但如果你的可信度不高，即使一個完美的演講也是無濟於事的，因為沒有人會相信你。想知道如何提升自己的可信度嗎？

馬爾科姆・庫什納（Malcolm Kushner）被譽為「美國最受喜愛的諮詢師」，是受到國際讚譽的溝通專家和職業演講人。庫什納在各種公司和企業的會議上是一位很受歡迎的演講者，他在 500 強企業的會議上作了主題發言，是亞太生命保險會議的主要演講者。他曾經由加州法律事務管理部旗下的從業律師組織資助，做了巡迴演講，得到近 20 年來的最高評價，打破了參加人數的歷史記錄。

庫什納為許多知名企業的執行官寫過演講稿，他的演講稿的範圍包括從最普通的激勵職員的講話到國會證詞所作的就職演講。身為一個領導者，並非因為你身處高位就能給你

帶來可信度。庫什納認為影響演講者的可信度主要有五個因素。其中最重要的兩個是素養和能力。其他的三個：沉著、可愛和開朗 —— 起次要作用。但這些因素都不能單獨起作用，一個次要因素有時會對某些主要因素有壓製作用。例如：一位化學教授在談論分子結構時總是讓人感覺他有很強的能力，這種能力雖然會提高可信度，但是如果這位教授在回答提問時表現得過於焦急的話，那聽眾的感覺就會發生變化了 —— 缺乏沉著，這會毀了他的可信度。

❖ **素養**：素養是聽眾評價你的可信度的最重要因素。它是指你的誠實、公平和可信程度。假如你看起來既不誠實也不公平，不值得人信賴，那其他的因素就根本沒有用了。這是不是意味著你應該為人典範呢？不，它是指你必須表現出自己是具有榮譽感和道德感的。

❖ **能力**：能力是影響可信度的第二重要的因素。它是指你在某個領域或對於某個專題有所專長。聽眾認為你在這個領域內具有越高的學歷、越多的訓練和經驗，就會感覺你越有可信度。

❖ **沉著**：表現得過於緊張的演講者往往比那些對自己和聽眾表現得很隨意的演講者更令人不可信。你是否看過目擊證人在法庭上作證？他們的肢體語言可以說明很多問題。假如他們不停地眨眼睛並且在座位上蠕動，這種行

為就會引起大家的懷疑。當他們的嘴唇和額頭上冒出豆大的汗粒時，他們的可信度就降到了低點，流汗只會讓人感覺不可信任。

❖ **可愛**：演講者表現得越可愛，就越容易讓人感到可信。因為我們都對自己討厭的人有一種本能的不信任。

所謂可愛，不是矯揉造作，不是譁眾取寵等帶有表演成分的舉動，而是一種真摯、純樸等性格的自然外露。

❖ **開朗**：適當開朗的演講者要比過度開朗或者內向的演講者能得到聽眾更多的信任。開朗是一種性格，不是刻意去做或是透過模仿就能達到的，如果強行要做得話，只能給人一種虛假的感覺。所謂開朗，其實是和內向是相對的。一個羞澀、膽怯的人，是不可能公開演講的，他肯定要先鍛鍊自己的性格，讓自己擁有寬廣的心懷和心態。只有改變了自己內向的性格，才有可能做出「開朗的演講」。因為，演講是一種外向型的交流活動。

說服貴在引導

有一個身強體壯的青年試圖將一頭牛趕往棚內。他用盡渾身力氣推牠，不停地用鞭子抽打牠，大聲吆喝牠，然而牛站在那裡就是不肯動。一位擠牛奶的女工見狀，走上前來。她深知牛的飲食習慣。她把一根手指伸進牛的嘴裡，牛居然

很馴服地被她牽到了棚裡。原來，她從牛的角度考慮問題，盡力讓自己的行為符合牠的習性，使牠願意跟隨自己。掌握了這一點，她想把牛牽到哪裡就能牽到哪裡。

用鞭子打不如用手去牽。演講中要想聽眾同意你而不是反對你，你也要學會用「牽」的技巧。我們知道，誰都擁有自己引以為豪的觀點。它們要麼是經過多年的學習與經驗累積而形成的，要麼是擁有根深蒂固的情感根基。正如溺愛孩子的父母不會輕易責備自己的小孩一樣。

如果你直截了當地面對面攻擊一個人引以為豪的觀點，他的反應與你批評他小孩的反應一樣，只能是反感。他會對你表示憤慨。他會全副武裝，保護他的小孩，對付你說的每一句話。他不但不會放棄自己的觀點，而且相反還會像溺愛小孩的父母把自己的小孩抱得更緊，更加堅守自己的觀點。有關這一點，可以說是放之四海皆準的道理。

俄國十月革命剛剛勝利時，許多農夫懷著對沙皇的刻骨仇恨，堅決要求燒掉沙皇住過的宮殿，別人做了許多次工作都沒有效果。

當憤怒的農夫舉著火把，蜂擁到皇宮前的廣場上時，列寧出面了。面對群情激昂的農夫，列寧發表了一場簡短演講。

列寧：「燒房子可以，在燒房子之前，讓我講幾句話，可不可以？」

農夫：「可以。」

列寧：「沙皇住的房子是誰造的？」

農夫：「是我們造的。」

列寧：「我們自己造的房子，不讓沙皇住，讓我們自己的代表住好不好？」

農夫：「好！」

列寧：「那麼這房子要不要燒呢？」

農夫：「不燒了！」

列寧沒有正面勸阻農夫的行動，而只是引導他們換一個角度看問題，使他們明白皇宮其實是自己的勞動成果。果然三言兩語就說服了那些堅持要燒掉皇宮的農夫，保住了寶貴的文物。

領導者在臺上試圖說服聽眾的時候，不要以討論異議作為開始，要以強調──而且不斷強調雙方都同意的事作為開始。如果可能的話，必須不斷強調：你們都是為相同的目標而努力，唯一的差異在於方法而非目標。使對方在開始的時候心裡就說「是的，是的」，盡可能使他不說「不」。

一旦你尊重了他的觀點，那麼你接著便可以漸漸地構築你自己的觀點。要使聽眾心服口服，你在演講時不可違背聽眾的意願，採取逼迫式，甚至是威脅的手段要聽眾接受你的觀點。你應該牢記在心的是，只有當你的觀點能夠引起聽眾

感情共鳴時，你的觀點才容易為聽眾所接受。

那麼，演講時該怎樣構築你自己的觀點呢？你應該讓你的觀點對聽眾有感染力 —— 正如放進牛口中的手指一樣。聽眾接受你的演講，是因為他覺得你的觀點對他有價值，有幫助。而且，只要你能向聽眾表明你思想開闊，尊重他的觀點，能替他著想，你就能在聽眾中產生共鳴，並與聽眾建立起一種融洽的關係。只有這樣，聽眾才會樂意讓你「牽」著而接受你的觀點。做到了這一步，你便可順利地開始向聽眾灌輸你的觀點。

利弊明，結果現

在不違背原則的前提下，人人都具有趨吉避凶的天性。如果你能將利弊關係講清楚，聽眾自然就會做出對自己有利的選擇。

在很多情況下，利與弊總是交雜在一起。一般的人，很容易被這些表面的事實所迷惑，從而輕率地做出判斷。而身為領導者，應該善於以發展的眼光看待問題，分析問題，分析事物發展的趨勢和必然結果，用結果的利與弊來說服聽眾，使他們最終做出正確的判斷與選擇。

多年前，當美國欲推廣核電廠時，曾發生過一場激烈的爭論。一些專家認為建核電廠是最廉價而安全的發電方法。

另一些專家則堅決反對，認為一旦出現事故會造成成千上萬人的死亡，而社會上很多民眾一聽到「核」就聯想到廣島、長崎那可怕的「蘑菇狀雲」和核輻射，很自然地站在反對派的行列中。

面對這一情況，主建派調整了方法，決定不在理由上糾纏，而在「利弊」上做文章。他們說，在美國幾十年的核能發電實驗史上，從未出現過事故。即使今後「萬一」造成事故，也比用其他發電方式致死的人少得多。據福特財團的研究，假定某核電廠每 100 年發生一次重大事故，可能當場會有 1 萬人死亡，隨後有 1.5 萬人喪生；但比在同樣時間燃煤發電所造成的死亡（包括煤礦及運煤事故）要少。如此換算一下，用原子能發 1,000 億瓦特的電力只犧牲兩名採鈾礦工，而用燃煤發電要犧牲的煤礦工人則是 179 人。只因為煤礦事故比較常見，地點、時間又比較分散，所以人們不會產生恐懼心理。透過這些對比，說明原子能發電大大優於燃煤發電。於是大多數大眾又轉而贊成建核電廠。主建派最終獲得勝利，核電廠也就在美國和全世界風行起來。

這是一篇向大家論述發展核電廠的價值與前途的文章，但其論證利弊的方法值得在演講中借鑑，故借用於此。針對社上的民眾對於「核」的淺層理解和偏見，作者把核能發電與火力發電加以比較，估算核能發電可能帶來的效益和損

失，把這個結果和燃煤發電加以權衡，結果得出了核能發電更為優越的結論。這樣的論證方法更容易使大家接受發展核電廠的論點。

「橫看成嶺側成峰，遠近高低各不同，不識廬山真面目，只緣身在此山中。」蘇軾這首詠廬山的詩揭示了一個深刻的道理：處身其間的人，往往看不清事物的本質。人們經常會被情感、慾望以及種種錯綜複雜的事件矇蔽了雙眼，以致不能明白中間的利害關係。要想用語言說服別人，就需要幫助對方撥開眼前的迷霧，拓寬狹隘的視野。這就不僅需要一個如簧之舌，還要有透過現象抓住本質的銳利眼光。一般來說，身在主管職位的人，其資訊掌握和要比下級多，視野也相對寬闊，因此領導者完全有條件、有能力來抓住問題的關鍵，條條分析、一針見血，將其中的利弊區分得清清楚楚。類似的利弊說服法，在領導者的演講當中經常需要用到，它是一種行之有效的說服方法。

引用具體事實作為支持

我們常說「事實勝於雄辯」，意思是說：不管你的口才如何出眾，怎麼也敵不過鐵的事實。

一個大學畢業沒多久年輕人想當部門經理，在他的甄選報告中，有這麼一段：

第四章　如何說服你的聽眾

　　也許有人會說我「嘴上無毛，辦事不牢」，但我想追問一句：「嘴上無毛」就一定「辦事不牢」嗎？古今許許多多軍事活動家，恰恰都是在風華正茂的時候擔當重任並建功立業的。岳飛20多歲帶兵抗金，當節度使時才31歲；其子岳雲12歲從軍，14歲隨州率先登城，成為軍中驍將，20歲時就當了將軍。曾經統率大軍席捲歐洲大陸的拿破崙，從巴黎軍事學院畢業時不過是砲兵少尉；法國大革命時參加革命軍，西元1873年率部隊在土倫戰役中擊潰保皇復辟勢力被晉升為少將時才24歲；統兵攻打義大利，不到30歲即當了東線和南線的指揮官，獨當一面，任國防部長時才40歲。在我國軍隊裡，許多老帥，多數不也是在二、三十歲時就當了師長、軍長、軍團長以至方面軍總指揮了嗎？可見「嘴上無毛」與「辦事不牢」之間沒有必然連繫，關鍵是有才與無才。套用一句古話來說：「有才不在年高，無知空活百歲。」

　　在這篇演講中，年輕人為了打消眾人對其年輕的顧慮，先後引用了岳飛、岳雲、拿破崙等多個少年有為者的事例，以確鑿而充分的事實證明了年齡與才能之間沒有必然的連繫，對聽眾很有說服力。

　　不少人在演講中，喜歡講大道理。道理當然可以講也應該講，但道理一旦變成了「大道理」，就空泛而又無趣。特別值得注意的是：講大道理容易讓聽眾產生一種你在居高臨

下、教訓人的感覺。沒有人喜歡被別人居高臨下地教訓，對於很多的大道理，許多人早就麻木甚至反感了。

在演講中援引事實時，要有真實的事實，不可虛構。你可以引用歷史事實來幫助自己說服聽眾。因為歷史常有驚人的相似，有所謂「以古為鑑，可以知興替」一說。

1937 年 10 月 11 日，羅斯福總統的私人顧問亞歷山大‧薩克斯受愛因斯坦等科學家的委託，在白宮和羅斯福進行了一次會談。會談的主要目的是，要求總統重視原子能的研究，搶在德國之前造出原子彈。

薩克斯先向羅斯福面呈了愛因斯坦的長信，接著讀了科學家們關於發現核分裂的備忘錄，然而，總統對這些枯燥、深奧的科學論述不感興趣。雖然薩克斯竭盡全力地勸說總統，但羅斯福在最後還是說了一句：「這些都很有趣，不過政府若在現階段干預此事，似乎還為時過早。」

這一次的交談，薩克斯失敗了。

第二次，羅斯福邀請薩克斯共進早餐。薩克斯十分珍惜這個機會，決定再嘗試一次。薩克斯知道總統雖不懂物理，但對歷史卻十分精通。

「英法戰爭期間」，薩克斯開始談歷史，「在歐洲大陸勇往直前的拿破崙，在海戰中卻不順利。這時，一位年輕的美國發明家羅伯特‧富爾頓來到這位偉人面前，建議把法國戰艦上

的桅杆砍斷，裝上蒸汽機，把木板換成鋼板，並保證這樣便可所向無敵，很快拿下英國。但是拿破崙卻認為，船沒有帆就無法航行，木板船換成鋼板船就會沉沒。他認為富爾頓是個瘋子，把他趕了出去。歷史學家在評價這段歷史時認為，如果拿破崙採取富爾頓的建議，19 世紀的歷史將會重寫。」

薩克斯講完後，目光深沉地注視著總統。他發現總統已陷入了沉思。過了一會兒，羅斯福平靜地對薩克斯說：「你勝利了！」薩克斯激動得熱淚盈眶，他明白勝利一定會屬於盟軍。

引用史實可以借助史實無可辯駁的說服力，生動形象而且引人入勝，有助於人們從中得出結論。

身邊的事實更是不可錯過的有力證據。〈一個遺臭萬年的日子〉是美國第 32 屆總統羅斯福的著名演說（全文見本節末）。全文不到 1,000 字，列舉敵國侵略罪行沒有用一個貶義詞，宣布如此令人憤慨的事件竟不見激昂。演說有分析、有判斷、有決定、有抨擊、有號召，但所有這些，都建立於陳述事實的基礎上。事實是最有說服力的。在這個演說發表的第二天，美國即向全世界宣布 —— 美國和日本處於戰爭狀態。

引用事實進行說理時，要注意事實與觀點的一致性，切不可讓事實與觀點相游離或相違背。卡內基指出，沒有比胡

亂抽出一些個別事實和玩弄實例更站不住腳的。羅列一般例子是毫不費力的，但這是沒有任何意義的，因為在具體的情況下，一切事物都有它個別的情況。這就告訴我們，正面說理引用事實，不但要事實，而且要典型，要具普遍意義。

■ 附錄：羅斯福 —— 一個遺臭萬年的日子

副總統先生、議長先生、參眾兩院各位議員：

昨天，1941 年 12 月 7 日 —— 一個遺臭萬年的日子 —— 有關美利堅合眾國遭到日本帝國海軍的蓄謀已久的突然襲擊。

合眾國當時應該同處於和平狀態，而且，根據日本的請求，當時仍在同該國政府和該國天皇進行著對話，對於維持太平洋的和平有所期待。實際上，就在日本空軍中隊已經開始轟炸美國瓦胡島之後一小時，日本駐合眾國大使及其同事還向我們國務卿提交了對美國最近致日方的信函的正式答覆。雖然覆函聲言繼續現行外交談判似已無用。它並未包含有關戰爭或武裝進攻的威脅或暗示。

應該記錄在案的是，由於夏威夷和日本的距離，這次進攻顯然是許多天乃至若干星期以前就已蓄謀計畫好了的。在計畫過程中，日本政府透過虛偽的聲明和表示希望維繫和平而蓄謀欺騙了合眾國。

昨天對夏威夷群島的進攻，給美國海陸軍隊造成了嚴重的損害，我遺憾地告訴各位，很多美國人喪失了生命。此

外，據報，美國船隻在舊金山和檀香山之間的公海上遭到了魚雷襲擊。

昨天，日本政府已發動了對馬來西亞的進攻。

昨夜，日本軍隊進攻了香港。

昨夜，日本軍隊進攻了關島。

昨夜，日本軍隊進攻了菲律賓群島。

昨夜，日本人進攻了威克島。

今晨，日本人進攻了中途島。

因此，日本在整個太平洋地區採取了突然的攻勢，昨天和今天的事實不言而明。合眾國的人民已經形成了自己的見解，並且十分清楚這關係到我們國家的安全和生存本身。

身為陸海軍總司令，我已指示為我們的防務採取一切措施。

但是，我們整個國家都將永遠記住這次對於我們進攻的性質。

不論要多長時間才能戰勝這次預謀的入侵，美國人民以自己的正義力量一定要贏得絕對的勝利。

我現在斷言，我們不僅要做出最大的努力來保衛我們自己，我們還將確保這種形式的背信棄義永遠不會再危及我們。我們這樣說，相信是表達了國會和人民的意志。

敵對行動已經存在。毋庸諱言，我國人民、我國領土和我國利益都處於嚴重危險之中。

　　信賴我們的武裝部隊 —— 依靠我國人民的堅定決心 —— 我們將取得必然的勝利 —— 上帝助我！

　　我要求國會宣布：自 1941 年 12 月 7 日 —— 星期日日本進行無緣無故和卑鄙怯懦的進攻時起，合眾國和日本帝國之間已處於戰爭狀態！

數字具有超強的說服力

　　恰當的引用數據不僅能夠使演講形象生動，而且能夠大大增強演講本身的說服力。在人們的意識中，富含精確的統計數字的事實是不容置疑的，定量的說明比定性的描述更具可信性。演講者應該抓住聽眾的此種心理，恰當地引用精確的數據來增強事實的可信度。

　　數字本身就是理性的，再無知的人、倔強的人、狡辯的人，在數字理性的光輝下也只能服氣。

　　我們生活在一個數字世界裡，我們每天所見、所聞、所思、所用的一切，幾乎沒有不涉及數字的。在這種情況下，人們對數字或多或少會產生麻木或厭煩的感覺。這種感覺客觀存在。所以，除非必要，我們不要老是背書似的說出數字。一長串的冷冰冰的數字，讓別人聽了感覺缺少了人情味。

　　讓數字與你所面對的對象的連繫更加密切，也是讓數字「活」起來的一個方法。我們不妨舉個例子來說明。假如你

在會議上提出一個優化方案，開場白為這樣的：「如果公司採納我的這項提議，則每個月可以為公司節省開支 135 萬元。」開場白是這樣的：「如果公司採納我的這項提議，則每個月可以為公司節省開支 135 萬元，這筆錢若用在改善福利上，即使是只用 50%，每個月我們平均也可以增加 4,000 元。」前後兩個對比，無疑後者更令人感到有吸引力，不枯燥。

　　我們前面說過：事實勝於雄辯。而精確的數字，其實就是鐵的事實。值得在此提醒讀者的是：數字的說服力建立在真實與準確上。虛構、編造的數字，或許也可以滿足你一時的說服，但信用一旦破產，恐怕以後說什麼也沒人相信了。而模糊的數字，什麼「大約是」、「我估計達到」之類的數字，其說服力要弱得多。因此，平常你不妨留心一些可能會用得著的一些數字，或者在與人談論某件重要的事情前先蒐集一些相關數字作為準備。這些數字來源越權威越好，你最好同時記住數字的來源，以便引用起來更有說服力。

第五章
強烈的感染力從何而來

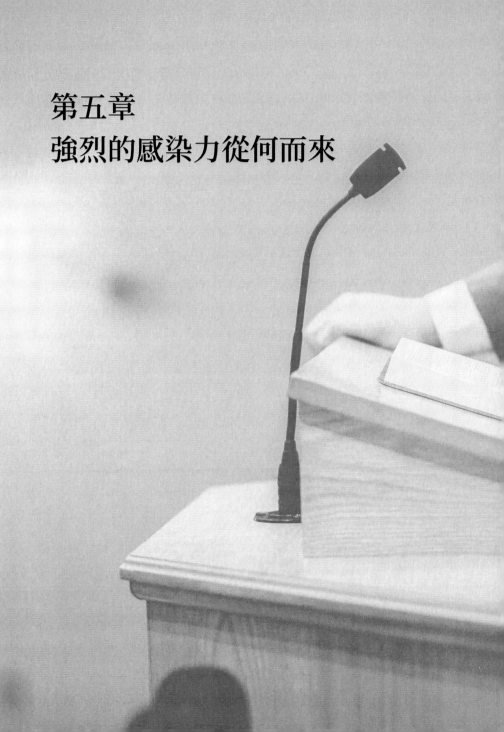

第五章　強烈的感染力從何而來

什麼叫感染力，感染力其實就是調動他人情緒、觸動他人心靈、引起他人共鳴的能力。一個富有感染力的演說家，能夠像給聽眾中了蠱般地支配他們的思想。

身為領導者，不單要學會用自己理性的一面去說服他人，也應該學會用感性的一面去征服他人。實際上，感染力也是一種說服力，一種感性的說服力。聽眾的心靈被你感動，聽眾的思想被你傳染，他們無法抑制住對你的相信與擁護。即便像希特勒那樣喪心病狂的魔頭，當年也正是拜演講時強烈的感染力所賜，才擁有眾多的「擁護者」。

讓情感穿透聽眾的心靈

古人云：「感人心者莫先乎情。」又云：「情不深，則無以驚心動魄。」一場飽含深情的演講，足以讓聽眾完全投入其中，任由演講者「擺布」。

這就要求演講者性情豪爽，話語坦率，推心置腹，以情換情，以誠對誠，講出真情實感；這還要求演講者情感的顯示應該是熾熱、深沉、熱情、誠懇、娓娓動人的，做到「未成曲調先有情」；此外，還要求演講者必須和聽眾一起喜怒哀樂，不掩飾、不迴避，對真、善、美熱情謳歌，對假、醜、惡無情鞭笞。濃濃情感溢於言表，使聽眾聞其聲、知其言、見其心，達到感情上的融合，思想上的共鳴，認知上的

一致,既影響了聽眾,也受到聽眾的影響,達到情感的交流與平衡。

美國第十六任總統林肯還是一個年輕的律師時,他接受了一樁棘手的案件。這個案件的棘手之處,在於代理人除了自己的證詞之外,沒有其他任何旁證來證明自己。案件的來龍去脈這樣的:

一個老婦人將一名出納員告上了法庭。老婦人是美國獨立戰爭時期一位烈士的遺孀,每個月靠領取撫卹金維持生活。不久前,當她像往常那樣去領取每月的撫卹金時,出納員竟要她交付一筆手續費才允許領錢。但是,這筆手續費差不多是撫卹金的一半。這種勒索讓老婦人無法忍受,便憤而將出納員告上了法庭。

老婦人這樣的案件,沒有律師願意擔當代理。其原因姑且不論老人有沒有能力支付律師費,單論她「一面之詞」式的控告,就讓許多律師頭疼而沒有任何勝算。但林肯接下了這個案子,他的同情心使他無法拒絕。

但打官司光靠律師的同情心是打不贏的。林肯深知這一點,因此他在事前作了周密的準備。開庭那天,被告對於老婦人的指控矢口否認。這個狡猾的出納員是口頭上進行勒索,並沒有留下憑據。情況看上去對林肯這方很不利。

輪到林肯發言了。他並沒有一上場就義憤填膺地指責,

第五章　強烈的感染力從何而來

而是用低緩深沉的聲音把聽眾引入到了美國獨立戰爭的回憶，述說愛國志士們是如何忍飢挨餓地在冰天雪地裡戰鬥，直到為自由而灑盡最後一滴血的。說到動情處，林肯眼裡飽含淚水。等到法官、陪審團與聽眾都沉浸在感動之中，林肯話鋒一轉——「如今，所有的事實都已成為故事。西元 1776 年的英雄，早已長眠於地下，可是他們的那衰老而又可憐的遺孀，還生活在我們身邊。此刻，她們中的一位老人站在這裡，這位老人曾經是位體態輕盈、聲音美妙的美麗少女，現在她變得貧窮和無依無靠。她沒有辦法，不得不依靠身為烈士的丈夫帶來的那一點微薄的撫卹金過日子。但這一點，她也得不到保障，她現在只得向享受著先烈們爭取來的自由的我們請求援助和保護。試問，我們能視若無睹嗎！？」

——在林肯如此動情的演說下，誰能熟視無睹呢？結果是：在沒有其他旁證的支持下，法庭透過了保護烈士遺孀不受勒索的判決，確保了所有烈士遺孀今後再也不會遇到類似的勒索。

注入強烈感情的演講，甚至於可以不用開口，也能征服你的聽眾。記得在一部反映美國獨立戰爭的電影中，一場殘酷的攻堅戰將要在荒原上展開，所有的將士都知道這一仗將是無比凶險，將會有無數戰友有去無回。將軍最後一次檢閱

了他的部隊。他從一隊整齊的方陣前緩緩走過，眼裡嗆著淚水，注視著他眼前如他兒子般年輕的臉龐，似乎要將每一張臉都鍥刻在腦海。這名將軍自始至終沒有說一句話，但他的舉動震撼了每一個士兵的心靈。士兵們發出震耳欲聾的喊聲：「自由萬歲！」然後在將軍的揮手之下，如猛虎般朝敵陣發起了衝擊。在那場決定整個戰爭勝負的慘烈戰役中，他們發起一次又一次的衝擊，終於用鮮血凝成了勝利。

將軍沒有開口，但卻的確做了一段深情的演講。從這個極致的例子中，我們更能體會到情感那無與倫比的力量。

可以說，成功演講者都是情感豐富者。這種情感發自演講者的內心，表現出：愛憎分明、喜怒分辨、苦樂分界。沒有演講者的情感投入，就不會有聽眾的情感付出。沒有演講者的情感變化，也就難以激起聽眾的層層情感波瀾。

值得各位主管注意的是：身為演講者，在臺上運用飽含情感的演講時，要注意尺度與收放。你不能讓感情泛濫得一塌糊塗，不能自已。想像一下一個演講者在臺上傷心地號啕大哭，或高興得笑岔了氣，會是一個什麼樣的局面？

▍做個有人情味的主管

一個沒有人情味的主管，有時候會被下屬當成沒有人情味的主管。而一篇沒有或缺少人情味的演講，無論講得如何

第五章　強烈的感染力從何而來

天花亂墜，臺下的聽眾始終進入了不了狀態，會覺得你說的很遙遠，很陌生，有一種「隔」的感覺。

美國前總統老布希在 1988 年與對手麥可・杜卡基斯（Michael Dukakis）對壘競選總統時，之所以能戰勝強敵，在很大程度上因為他在電視辯論中表現了自己的人情味。在那年 10月 24 日在電視上，他們兩人進行最後的公開辯論。在這難解難分的最後時刻，在大眾面前誰的形象塑造得好，誰就能贏得更多選票。所以老布希和杜卡基斯都對這次公開辯論異常重視，不敢掉以輕心。

當記者問「你是如何對付曾經刻骨銘心的困難」時，杜卡基斯這樣回答：「1978 年，我在競選麻省民主黨州長候選人時落選，我感到十分痛苦。我知道，是我自己造成這次選舉的失敗。我沒有去責備別人。然而，沒有痛苦就沒有前進，我從中悟出了不少道理——雖然失敗了，但失敗卻豐富了我的人生。有幸的是我有一個非常幸福的家庭，我想假如你也有同樣痛苦的時刻，那麼你的家庭將會給你最強大的全力支持。」

對同一個問題，老布希是這樣回答：「我的孩子的死是我迄今生活中最痛苦的時刻。有一天，醫生對我們說：『你們的孩子得了白血病。』我問他，這是什麼意思。醫生告訴我們：『這意味著她就要死了。你們必須決定，如何對她進行

治療。或者讓她聽憑自然走完這個過程 —— 這樣的話，她大約能活三個星期。』假如我們決定，不給她任何醫治聽憑其死去，那麼我們會感到極大的痛苦。然而醫治她，卻要使這個幼小的孩子承受各種痛苦，我們實在於心不忍。但是，在我那堅強的妻子的幫助下，在溫暖和諧的家庭支持下，我增強了信念，很好地處理了這件事。我的女兒又活了六個月。當然，要是在今天，她可能多活好幾年。」

兩相比較，杜卡基斯依舊拘圍於政治的演講令人乏味，而老布希則在政治辯論中跳出來大談生活，極富人情味。老布希的演講中飽含的舐犢之情，各個階層各個角落的父母子女都能體會到。他沉痛的喪子之痛，讓選民覺得他是個可敬可親的富有人情味的人，與杜卡基斯相比，選民們更喜歡老布希這樣的「鄰居老頭」。

老布希這段極富人情味的話贏得了不少善良選民的心，使本來與老布希不相上下的杜卡基斯支持率急轉直下，最後滿懷遺憾地落選。由此可見，人情味在社會語言中很重要。人的感情總是可以相通的，只要不是故作多情，無病呻吟，在社交場合與人交談時，我們就要恰如其分地使自己的話帶有人情味，讓人覺得你的話像加過糖似的，親切、甜美而又切實可信。

那些高高在上，把自己真實的情感密封成銅牆鐵壁的人

們該注意了，適當地脫掉自己的盔甲與偽裝，把自己真實的一面袒露出來，並不是什麼不體面、不雅觀或無用的事。首先，你證明了你是一個有血有肉的人，而不是一臺冰冷的機器，臺下的聽眾才會聽你講、相信你的話的可能。

要講非吐不快的話

　　不少人對於「會海」極度反感，反感的根源在於會議的發言人 —— 通常是某些主管，其發言不僅假、大、空，而且像裹腳布一樣長，更可恨的是：他們不得不參加，上司講話誰敢缺席？

　　因此，我們經常可以看到類似的畫面，臺上的人說的唾沫四濺，臺下的聽眾昏昏欲睡 —— 有的還真的睡著了！不睡的，有開手機玩手遊的，使用 LINE 聊天的，有打毛衣的婦女，有輕聲交頭接耳的組合……

　　這樣的演說，還不如不說。一個在平日不太會寫文章的人，有一天他碰到了一個極大的刺激，可以寫出一篇極能感動人的文章；一個在平日不太會說話的人，有一天他遇到了一件十分重大的事件，他就可以侃侃而談地把聽眾迷住了。這到底是為什麼呢？因為，他有著要急於告訴人的話，這話在喉嚨有著不吐不快之感的，所以他說出來就能動人了。你不相信嗎？這是可以當場試驗的。你先假設今天出去在路上被

人撞倒了，你立刻爬起來，拖住那撞你跌倒的人而向他責問，你將如何開口呢？事實上，這是假定的，你想說的話也不知從何準備。可是，你走出去真的被人撞倒了，那時你立刻從地上爬起來，身上的灰塵也不及拍去，你抓住了那撞你跌倒的人而向他責問，說起話來理由十足，每一個字音都有著重大的力量的，這是為什麼呢？原因是你在喉嚨間有著責問他的話，而這話是不吐不快的，因此你說起來就不同平時了。

林語堂認為：一篇好的演講，須是演講者說出如鯁在喉、不吐不快的東西。無病呻吟，絕不會引起人家的同情，說不定反而要引起人家的惡感。一個心裡本沒有什麼話要講的人，只是因為例會，或職務上的要求必須露臉，於是不得不走上臺敷衍一下。你敷衍一下也就罷了，有話則長，無話則短。但偏偏有些舌頭跑馬跑慣了的人，話匣子一開就滔滔不絕。結果，說者是苦得不堪，聽者也覺得不知所云，因而感到倦頹，感到睡神在向他招手。待到說者說完，他才可以伸一個懶腰，舒一口氣，如同在法庭上聽到法官宣判他無罪，或者像受拘留的刑滿一樣地高興起來。我們為什麼要自討苦吃而強為演講，我們為什麼要使聽者像受刑一般的感到痛苦呢？

所以，應該要轉換一下觀念：要麼不講，要講就拿出一顆真心來。我們要使我們的演講得到成功，就必須要有著充

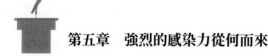

分的準備，而對於所講的事理有著徹底的了解，覺得我這主張，有著獨特的見解，有著急於要告訴人的必要，有著像骨鯁在喉而不吐不快的感覺，那就具有強烈的感染力。

一詠三嘆，欲罷不能

在文學藝術的殿堂中，很多優秀的抒情作品都喜歡用「一唱三詠」的煽情方式，讓人讀之欲罷不能。

不單在文學作品中，在我們的演講中，也能運用這種「一詠三嘆」的技巧，來達到傳遞思想觀點的目的。在演講中運用排比句式，可以加強語勢、增強語言的節奏和韻律。用它來說理，可以使論述細密嚴謹；用它來敘事，可以使事物集中表現；用它來抒情，可以使感情激昂奔放。

美國著名的黑人解放運動領袖馬丁‧路德‧金恩，不僅是個卓越的政治家、革命家，還是一位演講大師。當美國的大地上四處瀰漫著種族歧視的黑霧時，年輕的黑人民權領袖馬丁‧路德站了出來。1963 年 8 月，34 歲的馬丁‧路德在林肯紀念堂前向 25 萬人發表了著名的演說〈我有一個夢想〉（又名〈在林肯紀念堂前的演講〉），為反對種族歧視、爭取平等發出呼號。這個熱情澎湃的簡短演說，促成了黑人的覺醒與白人的醒悟。

限於篇幅，我們摘錄部分演講詞如下 ——

　　一百多年前，一位美國偉人簽署了〈解放宣言〉。現在，我們懷著無比敬仰的心情站在他紀念像投下的影子裡。

　　這份重要的文獻，為千千萬萬正在非正義烈焰中煎熬的黑奴點起了一座偉大的希望燈塔。這文獻，有如結束囚室中漫漫長夜的一束歡樂的曙光。

　　然而，100年後的今天，我們都不得不面對黑人依然沒有自由這一可悲的事實；100年後的今天，黑人的生活依然悲慘地套著種族隔離和歧視的枷鎖；100年後的今天，在物質富裕的汪洋大海之中，黑人依然生活在貧乏的孤島之上；100年後的今天，黑人依然在美國社會的陰暗角落裡艱難掙扎，在自己的國土上受到放逐。「我夢想有一天，這個國家會站立起來，真正實現其準則的真諦：『我們認為這些真理是不言而喻的，人人生而平等。』」

　　我夢想有一天，在喬治亞的紅山上，昔日奴隸的兒子將能夠和昔日奴隸主的兒子坐在一起，共敘兄弟情誼。

　　我夢想有一天，甚至連密西西比州這個正義匿跡，壓迫成風，如同沙漠般的地方，也將變成自由和正義的綠洲。

　　我夢想有一天，我的四個孩子將在一個不是以他們的膚色，而是以他們的品格優劣來評價他們的國度裡生活。

　　我今天有一個夢想。我夢想有一天，亞拉巴馬州能夠有所轉變，儘管該州州長現在仍然滿口異議，反對聯邦法令，但有朝一日，那裡的黑人男孩和女孩將能與白人男孩和女孩情同骨肉，攜手並進。

第五章 強烈的感染力從何而來

我今天有一個夢想。

我夢想有一天，幽谷上升，高山下降；坎坷曲折之路成坦途，聖光披露，滿照人間。

▎這就是我們的希望

懷著這個信念，我們能夠把絕望的大山鑿成希望的磐石；懷著這個信念，我們能夠將種族不和的喧囂，變為一曲友愛的樂章；懷著這個信念，我們能夠一起工作、一起祈禱、一起奮鬥、一起入獄、一起為爭取自由而抗爭。因為，我們明白，我們終將得到自由，我們終將得到原來屬於我們的幸福！

讓自由之聲從科羅拉多州冰雪覆蓋的磯基山響起來！讓自由之聲從加州蜿蜒的群峰響起來！不僅如此，還要讓自由之聲從喬治亞州的石嶺響起來！讓自由之聲從田納西州的瞭望山響起來！

讓自由之聲從密西西比的每一座丘陵響起來！讓自由之聲從每一片山坡響起來。

當我們讓自由之聲響起來，讓自由之聲從每一個大小村莊、每一個州和每一個城市響起來時，我們將能夠加速這一天的到來，那時，上帝的所有兒女，黑人和白人，猶太教徒和非猶太教徒，耶穌教徒和天主教徒，都將手攜手，合唱一首古老的黑人靈歌：「終於自由啦！終於自由啦！感謝全能

的上帝，我們終於自由啦！」

〈我有一個夢想〉是 20 世紀最為驚心動魄的聲音之一，穿過近半個世紀的時光隧道，至今仍然震撼我們的心靈。馬丁‧路德的演講，感動了在場的所有人：黑人們流下了眼淚，白人們也流下了眼淚。黑人們為他們所遭受的不公正的待遇而傷心、難過；白人們也許是感到對這一切自己無能為力而深感不安。

馬丁‧路德的演講可謂用情痛徹心扉，卻在沉痛中表現出堅毅、執著與對未來的相信。這篇演講之所以具有如此強烈的感染力，其原因是多方面的。事實上，任何一場成功的演講，都是諸多因素的合成。

在這裡，我們主要討論馬丁‧路德演講中運用大量的反覆修辭手法。在我們以上摘錄的演講詞，就是由四組反覆組成：「100 年後的今天……」的反覆；「我夢想有一天……」的反覆；「懷著這個信念……」的反覆；「讓自由之聲從……」的反覆。這些綿延不絕的反覆順帶排比與遞進，如同大海裡的波濤一樣，一個接著一個地湧來，即使是堅如礁石的心靈，在海浪持續的衝擊下也會動搖。

在演講中適當地加入反覆、排比與遞進，一詠三嘆，持續刺激，能將演講者的感情表達得淋漓盡致，極富感染力和鼓動力。

第五章　強烈的感染力從何而來

▌在聲音裡注入情感

　　一位音樂專家彈奏鋼琴，和一位普通人彈奏鋼琴，雖然兩人彈奏著同一個調子，敲著同樣的幾個音鍵，然而，一位高超，一位平凡，這是為什麼呢？因為他們兩人所用的方法、情緒、藝術和個性的不同，因而演奏出來便成了天才和凡才的不同了。兩位書法大家，他們一起臨摹一部碑帖，雖然字體相似，但是細察之下，並不完全一樣。同理，一篇同樣的演講詞，由不同的人來演講，在效果上也是有差異的。

　　極富個性、富於活力、充滿自信的聲音，能夠控制聽眾的思緒，從而有效地傳遞資訊；而平淡無力且無個性、活力的聲音則枯燥無味，讓聽眾昏昏欲睡或做別的事，從而不能有效地傳遞資訊。因此聲音應該成為豐富你的演講、吸引你的聽眾最關鍵的因素，因為它能夠令平淡無奇的語言變得豐富多彩。

　　人的興奮、悲哀、猶豫、堅定、昂揚之類的複雜情感都可以透過聲音的高低、輕重、快慢和停頓的語調變化表現出來而富有感染力。

　　潤飾你的聲音，與潤飾你的語言同等重要。你需要做的就是在思想上開始對聲音重視起來，並在實踐中不斷練習以增強自己的聲音感染力。為了使你所講的話特別的生動和明顯，你講話的音調須有快慢的變更和輕重的分別。你必須注

意，這是自然的表達，而不是有意做作的，有意做作，那便是失去了自然了，讓人聽起來不舒服。

當你望著高低不平的海波和有荒涼不毛的沙漠時，你肯定不會產生同樣的感想的。唱歌為什麼好聽？因為歌有著輕重快慢的變更的緣故。你的講話，雖然不必像唱歌一樣，然而也不能平靜得像死水，叫人聽了昏昏欲睡。所以，當你在演講的時候，如果發覺你的音調平板乏味，而且有這平板乏味的音調表達的時候，你的聲音多半是高而刺耳的。你在這時候可以立刻停止幾秒鐘，這是對你大有幫助的。因為，一個聲音，在平凡而呆板的過程中，突然地中止或是突然地高起來，都是給人家耳朵以特殊的刺激的。當一個教員，在教室中舌疲唇焦的講解，但言者諄諄，聽者藐藐，大部分的學生、講話的講話、看小說的看小說，這時如果教員突然停止了講解，那就猶如向平靜的河水中投入了一塊石頭，立刻會引起大家的注意了。

你可以規定著哪幾個重點詞類或是短句，在讀的時候，突然地高聲或是低聲，或是快說或是慢說，這樣能夠給人以特別的刺激，因此也就能夠給人以特別的注意。很多著名的演講家都是這樣做的。

林肯在演講時經常很快地講出許多字，到了他預備要著重點說的字句，便把聲音特別的拉長或是提升，然後再一口

第五章　強烈的感染力從何而來

氣像閃電一般地把那句話講完了。他常使重要的一兩個字所占的時間，比六七個次要的字所占的時間還要長。當我們把重要的字慢慢地拉長了聲音講出來，這可以顯出力量而令使人注意。比方像下面的兩個例子，你看哪一句更引人注意：

❖ 他一下子就進帳了 20 萬元。

❖ 他一下子，就進帳了 2 萬元呀！

　　照理，2 萬元的數目比 20 萬元的數目小得多，但是，第一個例子平平地講了過去，雖然數目很大，可是聽者未必就加以注意。第二個例子如果很鄭重地長聲慢讀，數目雖然較小，可是容易引起聽者的注意，而且會覺得 2 萬元似乎比 20 萬元還要大。

　　毫無疑問，要想提升你的聲音感染力，首先要了解你自己的聲音。這個問題容易被人忽略，因為我們總是以為自己理所當然地了解自己的聲音，畢竟在與人溝通與交談中，自己的聲音一直也會進入自己的耳朵。但事實上是，我們總是將注意力集中在對方聲音以及聲音所包含的資訊中，而完全忽視了自己的聲音。

　　如何真正聆聽到自己的聲音呢？你可以拿一份演講稿，甚至一篇書報上的文章來作為演講練習，練習時用手機或錄音筆錄音，仔細聆聽，分析有哪些地方需要改進的。同時找來一些成功演講者的影音效仿練習，假若你在演講他們的主

題又會是一個什麼效果？錄音下來，和那些演講大師比較一下，分析自己的和大師們的演講聲音的差別，從而學會如何有效訓練和控制自己的聲音。你要像練習樂器一樣，仔細地尋找其中細微的差別與感覺。你需要注意的有如下幾點：

聲音是否溫潤？切忌平直、粗啞、尖利、孱弱的嗓音。盡量使自己的嗓音清脆、悅耳。

注意重音的使用。對於講話內容的主次，一定要從聲音上分別對待。對一些重點、關鍵的詞句要使用重音，而對於一些次重點和非重點的部分，語音上則應適當減弱。

調節你的聲調、用氣、音量、語速和節奏。透過強調性重音吸引聽眾的注意力。說話時應使你的呼吸飽滿、均勻、信心充足，忌「虎頭蛇尾」、高開低走。做到每個句子、短語、詞彙直至音節發音清晰、準確，達到所有發音效果的極致。語調平滑、一氣呵成，切忌斷斷續續、雜亂無章。

忌用「嗯」、「啊」、「這個、這個……」之類的口頭禪，這些口頭禪是人們極為討厭的「打官腔」的典型特徵。沒有哪些受眾喜歡你在臺上裝腔作勢地擺官架子，它只能說明你的領導能力很低。

學會適當在句中使用必要的停頓。恰當使用重音、停頓、變音、轉調和沉默，以達到潤飾演講的效果。

只有反覆思索你的聲音，像鋼琴大師反覆思索他的演奏

一樣，飽滿而又熱情地彈奏「樂章」，聲音才能夠從你的口裡發出。

西雅圖酋長的深情演說

　　西雅圖酋長是美國沿太平洋的西北地區六個印第安部落的酋長。西元 1854 年 12 月，他對包括州長、白人移民和大約一千名印第安人的集會發表演說。這篇 150 多年前發表的演講，至今聽起來仍讓人驚心動魄、思緒難平。他的演講內容是反對總統購買印第安人土地這一事件。下面摘錄這篇演講中的精華部分──

　　總統從華盛頓捎信來說，想購買我們的土地。但是，土地、天空、河流……怎能出賣呢？這個想法對我們來說，真是太不可思議了。正如不能說新鮮的空氣和閃光的水波僅僅屬於我們而不屬於別人一樣，又怎麼可以買賣它們呢？

　　這裡的每一寸土地，對我的人民來說都是神聖的。哪怕是一根發亮的松針，一塊海灘的沙礫，一片林中的雲霧，一顆清晨的露珠，以至於一隻鳴唱的小蟲，所有這一切，在我們人民的記憶和現實中都是神聖的。

　　我們熟悉樹液流經樹幹，正如血液流經我們的血管一樣。我們是大地的一部分，大地也是我們的一部分。芬芳的花朵是我們的姐妹，麋鹿、駿馬、雄鷹是我們的兄弟，山岩、草地、動物和人類全屬於一個家庭。

大河小溪中閃閃發光的不僅僅是水，那也是先人的血液。如果我們放棄這片土地，轉讓給你們，你們必須記住：土地是神聖的。清澈湖水中的每一個倒影，都反映著我們人民中的歷史事件和生活歷程。那潺潺的流水聲，便是我們祖輩的親切呼喚。

河流也是我們的兄弟，它解除我們的乾渴，運載我們的獨木舟，哺乳著我們和我們的子孫。因此你們必須像對待自己的兄弟一樣，給予河流以慈愛。

如果我們放棄這片土地，轉讓給你們。你們必須記住：土地就如同空氣一樣，對我們所有的生命都是寶貴的，它給了先人的第一次呼吸，也接受了他的最後一聲嘆息；同樣的，又將給我們每個子孫以及所有的生命以靈魂，因此你們必須保持土地的神聖性，任何人都可以享受土地上的百花爭豔和撲鼻馨香。

你們會教誨自己的孩子，就如跟我們教誨自己的孩子那樣嗎？即土地是我們的母親，土地所賜予我們的一切，也會賜予我們的子孫。

我們知道，人類屬於大地，而大地不屬於人類。世界上的萬物都是相互關聯的，就像血液把我們身體的各個部分連結在一起一樣。生命之網並非人類所編織。人類不過是這個網路中的一根線一個結。但人類所做的一切，最終會影響到這個網絡，也影響到人類本身。因為降臨到大地上的一切，終將會降臨到大地的兒女們身上。我們知道，我們的上帝也

是你們的上帝。土地是上帝所創造的，也是上帝所寶貴的。我們傷害了大地，就是對造物主的褻瀆。

你們的命運，對我們來說，是一個謎。可以設想一下，如果把所有的野牛殺光，把所有的野馬馴化，那將是一種什麼樣的景象？如果原始森林中盡是人類的足跡，幽靜的山谷中布滿橫七豎八的電線，那將是一種什麼樣的景象？如果草叢灌木消失了，空中的雄鷹不見了，馬匹和獵犬也失去了用場，那將是一種什麼樣的景象？這一切，只意味著真正生活的結束和苟延殘喘的開始。

當最後一個印第安人與荒野一起消失，他們的記憶就像草原的雲影一樣在空中浮動的時候，這些湖岸和森林還會存在嗎？我們的靈魂還會存在嗎？

我們熱愛大地，就像出生的嬰兒熱愛母親心臟跳動的聲音一樣。所以，如果我們放棄這片土地，轉讓給你們，你們就要像我們一樣地熱愛它，照顧它。為了子孫後代，你們要始終不渝地獻出地自己全部的力量、精神和感情來保護大地，就像上帝對我們大家所做的那樣。

正像我們是大地的一部分一樣，你們也是大地的一部分。土地對我們是珍貴的，對你們也是珍貴的。我們懂得一點：世界上只有一個上帝。沒有人能夠分開，無論是印第安人，還是白人，我們終究是兄弟。

　　西雅圖酋長的這個演講，被譽為是有史以來在環境保護方面最動人心弦的演講，它生動形象地描述了人類與大地上河水、空氣、動植物等的血肉關係，以飽含深情的語言表達了印第安人對這片土地的無比真摯的留戀和眷顧。

　　語言優美、內涵豐富、情感充沛，是這個演講的最大特點。一方面，西雅圖大量運用擬人、比喻等表達手法，把土地上的一切事物都當成自己的兄弟朋友，字裡行間處處充滿著對這片土地的珍惜和熱愛，表達出對它們無比眷戀的感情，也增強了文章的感染力。另一方面，展現演講主旨的語句「如果我們放棄這片土地，轉讓給你們，你們一定要記住：這片土地是神聖的」反覆出現，產生一詠三嘆的表達效果，不僅使主題深化，而且強化了作者想要表達的情感。

　　西雅圖的演講充滿熱情，演講起來琅琅上口，聽來富有韻律美。其用詞時而激昂，時而舒緩，沉鬱卻不悲傷，妥協卻不懦弱。其中，有些如珍珠般的句子，更是將這篇演講裝點得熠熠生輝，如 ——

　　溪流河川中閃閃發光的不僅僅是水，也是先人的血液。

　　我們和大地上的山巒河流、動物植物共同屬於一個家園。

　　任何降臨在大地上的事，終究會降臨在大地的孩子身上。

第五章　強烈的感染力從何而來

大地不屬於人類，而人類是屬於大地的。

清風給了先人第一口呼吸，也送走了先人的最後一聲嘆息。

現在，在美國西北最大的海岸城市叫西雅圖，就是為了紀念這位叫西雅圖的印第安酋長。

第六章
仔細打磨你的遣詞用句

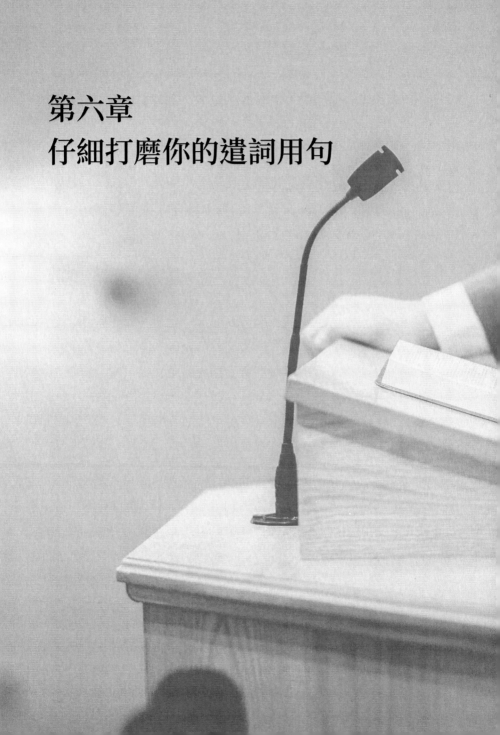

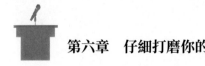

第六章　仔細打磨你的遣詞用句

正如華麗的服裝需要珠寶的點綴，以顯其高貴；出色的演講需要考究的詞句，使其文采斐然。別出心裁的詞句組合，可加深演講情感的強度，加大語言的力度，強化演講的節奏，會讓你的演講更加神采飛揚！

領導者登臺演講是一門學問。要好好斟酌你的遣詞用句，你的演講將會更有效果。

▌表達力求清晰準確

歌德是一個舉世聞名的詩人，但他在青年時代攻讀的不是文學而是法學，曾獲得法學博士的學位，成了一名律師。

一次，有人請歌德在法庭上擔任辯護律師。這位年輕的律師心潮澎湃，熱情高漲，他一走上法庭，就發表了一通演說：「啊，如果喋喋不休和自負竟能預先決定明智的法院的判決，而大膽和愚蠢竟能推翻已得到證明的真理……簡直是很難相信，對方居然敢向你提交這樣的文件，它們不過是無限的仇恨和最下流的謾罵熱情下的產物……啊！在最無恥的謊言、最不知節制的仇恨和最骯髒的誹謗的角逐中受孕的醜陋而發育不全的遲緩兒……」

這一段詩意盎然的辯護詞，辭藻華麗而很有熱情，充分顯示了歌德潛在的文學才能，可惜辯護效果並不好，旁聽席上的聽眾公開表示對這種辯護的不滿，並不時發出低低的噓

笑聲，法官苦笑著搖頭。對方的律師抓住這個機會狠狠地駁斥和譏諷了他。

歌德被激怒了，隨即用一種「戲劇性的感嘆」來繼續他的發言：「我不能再繼續我的發言，我不能用類似的這種瀆神的話來玷汙自己的嘴，對這樣的對手還能指望什麼呢……需要有一種超人的力量，才能使生下來就瞎眼的人復明。而制止住瘋子們的瘋狂 ── 這是警察的事。」

這次連法官們也不能保持緘默了，法官向他指出，這樣的發言不被允許，法庭上不能用這種語言來進行辯護。歌德的第一次出庭辯護就遭到旁聽者的非議，受到法官們的指責，以失敗而告終。

歌德的語言能力不容置疑，但他的這場辯護為什麼失敗了呢？演講是口頭表達，要求的句子應該是淺顯、通俗，句子要比較短。口語表達中，你句子過長的話，往往會令聽眾產生誤聽或者聽不清楚，甚至會誤解你這句話的中心意思。多講短句，通常不會出現這些問題。而歌德大量運用很長的複句，令聽眾完全跟不上節奏。

其次，歌德的辯護詞雖然在語言的形象、辭藻的華麗方面下了很大的工夫，但過猶不及。他用這種語體說話，簡直如同詩人在朗讀詩歌、戲劇家在思索臺詞。而他身為律師，其角色變換了，優美的文學語言與他的角色發生了衝突，與

第六章　仔細打磨你的遣詞用句

法庭這一特定的場合嚴重失調，這根本不是辯護詞，自然也達不到辯護的作用。對於法庭來說，它只是一堆無濟於事的「漂亮的廢話」而已，所以歌德辯護失敗是必然的。

幾乎所有優秀的作品和演講詞向你證明了使用日常用語的重要性。它們建議你採用最平實和常見的詞語來表達意思。它們建議你使用簡短而不是冗長的詞句。

事實證明，在演講中，平實的日常用語比浮誇的詞句更能有效地表達你的意思，並使你與聽眾之間更快地建立連繫。另外，你也不至於在聽眾面前出醜。美國駐倫敦大使沃爾特·安尼勃格曾被評為最受歡迎的電視演員之一，英國女王特意安排接見了他。當女王問他什麼時候搬進新官邸的時候，或許是由於面對女王接見而緊張，安尼勃格回答道：「在目前的情況下，陛下，我們正遭受著與翻新官邸相關的挫折……」其實，他的意思不過是「我正在讓工人做裝修」。

安尼勃格的這句話經由電視直播，讓所有觀眾都笑翻了。幸虧他不是在演講臺上，要是站在演講臺上，全場的笑聲會讓他不知如何收場。

領導者在演講時，尋找清晰準確的表達方式是沒有絕對的細則的，但通常最簡單、最具體、最生動地引起感官反應的詞語是最佳選擇。盡量少用形容詞和各種限定詞，著重實意動詞和名詞的使用。

適當運用修辭手法

在你的演講中，修辭是不可或缺的一個工具。直白的的描述若換用形象生動的比喻，枯燥的句子若變為氣勢恢宏的排比，蒼白的陳述若運用強烈的反問……無不展現出演講詞的語言美、情感美，使演講更生動、更有趣、更鮮明、更感人，使聽眾如沐春風，更能領悟你演講的真諦。

中文的修辭格有譬喻、對偶、排比、誇飾、回文、設問、反詰、層遞、映襯、借代、頂真等十多種。在這裡，我們介紹在演講中常見的幾種。

■ 譬喻

2006 年，美國前總統柯林頓在母校喬治城大學的一次演講中，告誡他所在的民主黨的黨員，針對共和黨在即將舉行的美國中期大選中發動的進攻中，要求不要羞於反擊。柯林頓是這樣說的：「政治就像是那些有身體接觸性的體育運動，你不能因為受到攻擊而發出抱怨，就像打籃球時不應該抱怨被對手犯規一樣。」

將政治對抗比喻成體育運動，而反擊要像麥可‧喬丹打籃球時一樣。柯林頓的這個比喻非常有趣，同時生動而形象地表達出了他的主張。

著名作家說：「精彩的比喻像是童話中的魔杖，碰到哪

裡，哪裡就發生神奇的變化。」可以說，比喻能化平淡為生動，化深奧為淺顯，化抽象為具體。演講人在運用比喻這一修辭手法時，要盡量做到比喻準確而又新鮮。將女人比作花朵，準確形象，但俗得不能再俗了。曾經有一個總裁，對自己的女祕書是這樣稱讚：「你像新洗的一塊手帕。」這樣的比喻跳出舊的窠臼，令人耳目一新。林語堂在一次演講中說：「好的演講是女人的裙子，越短越好。」這個神奇的比喻簡直令人有驚豔的感覺！

■ 排比

先悄悄地告訴讀者，在演講中運用排比句（段），容易給人以出口成章的感覺。特別是在即興演講中，要是能巧妙地設置幾個排比，更是令聽眾折服。所謂排比，就是用句法結構相同的段落、句子或詞組，把兩個或多個事物加以比較，藉以突出它們的共同點和不同點。很多時候，排比的段落或句子是以一種遞進的方式排列，營造出一種雷霆萬鈞的氣勢，同時朗朗上口，富有樂感。

馬丁・路德・金恩發表的〈我有一個夢想〉（摘錄見本書第五章），在回顧了 100 年前林肯的〈解放黑奴宣言〉後，連用三個「一百年後的今天」，起頭的句子表明「黑人仍無自由可言」；在提出這次黑人運動的目的後，又連用三個「現在是」起頭的句子闡明現在是實現「自由和正義」的時

刻。在演講即將結束時，演講者熱情滿懷地傾訴道：「我仍然有個夢想」，緊接著連用四個段落，每段都用「我夢想著」起頭構成一組排比段，詩一般的語言，描繪出一幅幅形象的畫面，令人神往，令人振奮。

■ 對比

所謂對比，就是把兩種不同事物或同一事物的兩個不同方面放在一起進行比較。演講人在演講中恰當地運用對比手法，能使主題形象突出，能較全面地表現演講者的觀點，深刻揭示事物的本質特徵。常用的如正義與邪惡，英勇與怯懦，偉大與渺小等等。如：「有的人活著，他已經死了；有的人死了，他還活著。」

■ 層遞

在一些著名演講詞中，經常可以見到一種先略後詳的句式，即對一種意思分層表達，先略敘主幹，接著再用詳述進行內容的補充強調，使語意由淺入深，而使音律和節奏形成一種由簡到繁、由弱到強的層遞美。

雨果在《巴爾札克葬詞》中這樣說：「他全部的書稿僅僅形成了一本書，一本有生命的、有光亮的、深刻的書。」邱吉爾在〈關於希特勒入侵蘇聯的廣播演說〉中這樣說：「我們只有一個目標，一個唯一的、不可變更的目標。」

以上的詞語，前面的是簡單敘述，意思單薄，語詞一般。作為候補部分的詳述，內容充實詳盡，語氣強烈。聽眾如同聽到了「踢踏舞」的節奏，耳膜得到了美的享受，心也隨著激盪起來。

■ 反問

反問不是疑問，反問時的答案其實是呼之若出。既然沒有疑問，為什麼還要反「問」呢？首先，演講中用反問可以發人深省。如美國政治家派翠克‧亨利（Patrick Henry）在維吉尼亞州議會上發表的著名演講〈不自由，毋寧死〉中，就大量地運用了反問，從而達到氣勢雄勁，感情激昂的效果。如：「難道我們還要求救於原告與祈禱嗎？難道我們還有什麼更好的方法未被採用嗎？不需要尋找了，先生，我懇求您，千萬不要自己欺騙自己了。」

其次，用反問可以加強語氣。美國著名人權領導人道格拉斯（Frederick Douglass）在紐約州國慶節慶祝大會上的演說〈我們需要灼熱的烙鐵〉，也大量運用反問來增加語言的力度。如：「我還要為奴隸制度是不正當的進行辯證嗎？對於共和黨人，這難道還是問題嗎？難道還要透過邏輯和論證的法則來解決這個問題嗎？難道這個問題還要作為極難解決的問題，而不得不運用令人懷疑且艱澀難懂的正義原則來解決嗎？」

　　再者，用反問掀起演講高潮。演講高潮是演講者思想感情的爆發點，常常表現為高亢的語調和強烈的語勢。因此，在充分說理的基礎上，採用反問連用，這樣可以很好地掀起演講高潮。

　　此外，演講中經常運用的還有反覆，鑑於反覆這一修辭手法我們在第五章之〈一詠三嘆，欲罷不能〉一節中已經詳細介紹，在此不再贅言。

　　事實上，各種修辭手法常常不是在演講中孤立地出現，很多時候是同時「上陣」的。如美國獨立戰爭時期精良的政治家派翠克‧亨利在西元 1775 年 3 月 23 日弗吉利亞洲第 2 屆議會上的演講〈不自由，毋寧死〉中有這樣一段：

　　但是，我們什麼時間能變得越發壯大呢？下週？還是明年？莫非非要等到我們都被徹底解除武裝，家家戶戶都被英軍攻占的時候嗎？優柔寡斷、毫無作為能為我們積聚力量嗎？我們能高枕無憂，非要等到計無所施之時才會找到退敵的善策嗎？

　　派翠克‧亨利屬於主戰派，阻止向英軍妥協停戰，主張武裝獨立。以上三個反問分句組成的排比句式，力量彰顯，如泉奔湧，是向議長以及其他主張停戰的議員的有力反問，層層迫近，咄咄逼人，雄辯地捍衛了自己的主張。這種既用反問又用排比的修辭，使表達的情緒越來越強烈，如晴天霹

靂，令人震撼。古往今來，許多大人物運用此法在演講中取得了非凡的效果。

長短句的混合作戰

　　長短句本來是古詞的別稱，因為古詞的格式常常是由長句和短句交替運用而組成。我們隨便舉個例子，如李煜〈相見歡〉——

　　無言獨上西樓，

　　月如鉤，

　　寂寞梧桐深院鎖清秋。

　　剪不斷，

　　理還亂，

　　是離愁，

　　別是一般滋味在心頭。

　　上面這首詞用的就是長句和短句的交替，讓人讀起來或聽起來具有節奏和韻律美。演講也可以借這個形式，在演講詞中有意地製造出一些長短句混用，以改變平淡的節律。下面是一則有名的演講實例——

　　我們不能投降，也不要承認失敗。我們要堅持到底，在法蘭西、在海上展開戰鬥。在空戰中我們越來越有信心和力

量。我們要不惜一切代價保衛我們的島嶼。在海灘、在著陸點、在任何大街小巷和山川，我們堅持戰鬥，絕不投降。

在這段話中，溫斯頓‧邱吉爾完全採用的是日常用語，但卻創造出了驚人的效果。這些詞語的整體節奏感很強，邱吉爾用一些長句刻意加入短句中，這些長句改變了原來的韻律，並且以一種幾乎押韻（指英語）的方式傳達出關鍵資訊：「我們要不惜一切代價地保衛我們的島嶼」。

我們不妨就邱吉爾這段演講詞來個有趣的假設：假設他沒有運用長短句，而是這樣說的 ——

我們不能投降，也不要承認失敗。我們要堅持到底，在法蘭西以及海上展開戰鬥。在空戰中，我們越來越有信心，也有力量。我們要不惜一切代價，保衛我們的島嶼。在海灘，在著陸點，在大街小巷，在山川，我們堅持戰鬥，絕不投降。

以上是筆者在盡量忠實於原來語言的前提下，將其中長句變為短句（注意頓號與逗號的不同）。我們將前後兩段演講一遍，就會發現前者比後者要富有美感，要鏗鏘有力的多。開個玩笑，假如邱吉爾演講時用的是後者，說不定二戰的勝利者將會是希特勒 —— 這真是一場不敢想像的人類浩劫！

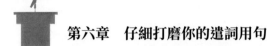

盡量減少專業術語

　　演講和作文一樣，寫作文不宜用生僻的古字古詞，演講也應避用專業術語。如果萬不得已而用了，也須加以詳細地解釋，否則，人家是不會懂得的。假使你的職業是屬於專業性質的 —— 像醫生、工程師、律師之類，你在談話的時候，尤其要特別地注意：因為，由於你的職業的關係，你很容易說出你職業上的專業術語，你的聽眾，未必一定是和你同行，你說了以後叫人如何能夠懂得呢？

　　一種很有益的練習，就是從聽眾之中去選擇一位好像知識最淺的人，你努力地把你所講的話要使這個人感到有興趣。這只有使用清楚的字句，講明事實，解釋道理，那才能有效。一個更好的方法，你要使你所講的話極明白簡單，就連與父母和來聽演講的小孩也能夠了解，並且在散會之後，小孩子們還能夠說得出你所講過的話來。

　　上面的一段話，是美國大演講家畢菲瑞芝的名言。唐朝的大詩人白居易，做詩要使老嫗都能明白，兩人的主張正是一樣的。我們對一個普通人說著許多的專業術語，普通人是不會知道你說的是些什麼的。假使你要一杯白開水，你對人家說：「我要 20cc 的攝氏 80 度的 H2O。」這樣，不是鬧成笑話了嗎？你覺得這樣一句是笑話，那你所講的話即使偶然加上一兩個專業術語，那還不是五十步和百步而已！

　　有些人講起話來總要用上幾個專業名詞，以顯示他自己的學識淵博，其實這種空架子，正表示他的學識空空。講起話來喜歡用專業術語以顯示自己學問的淵博，這等於老學究的講話，一定要滿口之乎者也，以顯示自己是個讀書人，那是一樣可笑的。我們為什麼要去笑老先生的滿口之乎者也而不去笑自己愛用專業術語呢？

　　不過，專業術語也並非完全不能用。在三種情況下，你可以用。

　　一是類似於學術交流或同行研討會性質的會議與演講，由於參會者都是同行，用專業術語來交流無疑是暢通的，也是必須的。

　　二是你面對的是某類特定的專業人士。你可以「入鄉隨俗」，特意在演講中用幾個他們的專業術語來拉近距離。比如你去醫學院做講演，不妨事先查查資料，找幾個醫用專業名詞移植到自己的演講中 —— 儘管你的演講與醫學無關。你的演講一定會讓聽眾覺得親切。

　　三是必須用。這種情況偶有發生。如果是這樣，注意要將這個詞用最形象、最簡潔的語言解釋清楚。很多演講者忽視了這一點，以至於專業術語在演講中運用不當，而成為演講中的一大「敗筆」。

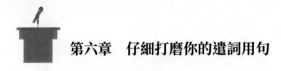

第六章　仔細打磨你的遣詞用句

第七章
在你的演講中添加佐料

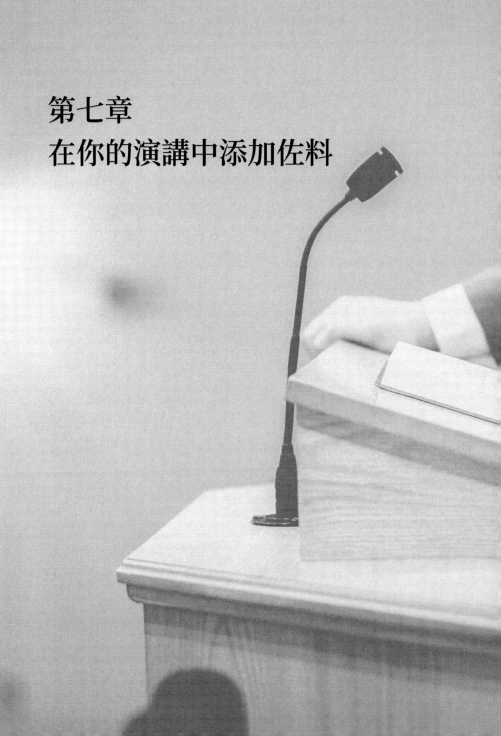

第七章　在你的演講中添加佐料

　　美國歷史上的許多重要人物，比如林肯、羅斯福、威爾遜等，都是幽默感十足的人。人人都喜歡與幽默的人一起相處，在西方，沒有幽默感，簡直就是沒魅力、愚蠢的代名詞。領導者運用幽默進行管理與溝通，往往可以取得很好的效果。一些著名的跨國公司，上至總裁下到一般部門經理，已經開始將幽默融入日常的管理活動當中，並把它作為一種新的培訓手法。美國第 34 任總統艾森豪就說過：「幽默感是管理藝術的一部分，它幫助你待人接物，成就事業。」

　　幽默的領導者比古板嚴肅的領導者更易於與下屬打成一片。有經驗的主管都知道，要使身邊的下屬能夠和自己齊心合力，就有必要透過幽默使自己的形象人性化。如果你能夠在演講中適當地加入一點幽默元素，將如同在菜餚中加入佐料一樣具有神奇的作用。

　　幽默來自對世事的悟徹，表明一種積極樂觀的人生態度。幽默是個人魅力、活力、能力、教養的表現之一。身為一個領導者，如總是以一副古板、嚴肅的臉孔亮相，便得不到下屬的喜愛與擁戴。

　　美國政治家查爾斯‧愛迪生他是發明家湯瑪斯‧愛迪生之子，在競選州長時，在作自我介紹時這樣說：「我不想讓人認為我是在利用愛迪生的名望。我寧願讓你們知道，我只不過是我父親早期實驗的結果之一。」聽眾們聽到此話都會心一笑，一下子就喜歡上了他。

幽默是一種領導者的氣度

　　法國前總統席哈克（Jacques René Chirac）到某大學演講時。席哈克在回答一位學生的提問時，麥克風出現了一點故障。這位 74 歲的老者像孩子般做了一個頑皮的鬼臉，聳聳肩說：「這可不關我的事，我可沒碰它。」引來全場聽眾的笑聲和掌聲。

　　幽默給人以從容不迫的氣度，是成熟、睿智、豁達的象徵。

　　卡普爾曾經擔任過美國電話電報公司的最高行政主管。在他任職期間，有一次主持股東會議，會中人們對他提出了許多質問、批評和抱怨。會議氣氛頗為緊張。其中有一名女士不斷提出質問，並抱怨說公司在慈善事業方面的投資太少了。

　　她厲聲問：「去年一年中，公司在這方面花了多少錢？」

　　卡普爾說出一個幾百萬元的數字。

　　「我想我快要暈倒了！」她做出非常誇張的樣子。

　　卡普爾面不改色地解下自己的手錶和領帶，放在臺上，說：「在你暈倒之前，請接受這筆捐贈。」

　　在場的大多數股東笑起來。

　　卡普爾的幽默表達了一個重要資訊：即企業很重視人性的需要，他本人也確實關心。如果有必要的話他可以犧牲自

己，但資金有限也是事實。

卡普爾在一分鐘之內就使人產生了信任和同情 —— 而他僅僅只採用了幽默的一個形式：戲劇性地表達自己的觀點。

一句幽默的戲劇性話語和一個幽默的戲劇性行為，其效果遠遠超過了一份長篇小說般的工作報告。

俗話說，大人不計小人過。在一定程度上，站在臺上演講的人也是「大人」 —— 權力大。光權力大不行，度量也要大一些，才真正是一個領導者的風範。

柯林頓當美國總統期間，在一次演講結束後，一個八九歲的孩子來到他跟前。柯林頓問：「你有什麼事嗎？」小孩說：「我想得到總統先生的簽名！」

簽好一張後，孩子突然又說：「總統先生，可以給我簽 4 張嗎？」柯林頓不明白：「為什麼要那麼多？」孩子說：「我只想要一張您的簽名，但想用另外 3 張去換一張麥可·喬丹的簽名照。」

周圍人都收起了笑臉，柯林頓更是顯得尷尬，但他隨即笑著說：「完全可以。我有個侄子也喜歡喬丹，我再給你簽 6 張，請你替我的侄子也換一張喬丹的簽名照可以嗎？」

孩子愉快地答應了。人群中響起了笑聲和掌聲。

「我只想要一張您的簽名，但想用其他 3 張去換一張喬丹的簽名照。」 —— 這自然令柯林頓十分尷尬。他如果婉言

謝絕，也未嘗不可；但這樣，當時的氣氛便難以歡快，尷尬的局面也就難以頃刻化解！明白了這點，能幫助我們佩服柯林頓應答的高明：他不僅答應了孩子的請求，而且還用「加倍」之法 ——「簽6張」，請孩子幫助換一張喬丹的簽名照，以滿足自己侄子的願望。顯而易見，他的這番話不僅聰慧機敏，也顯示了一位總統的大度與寬容，這番話做到了讓孩子高興 —— 能被總統所「求」，當然高興了。

幽默往往是有知識、有修養的表現，是一種高雅的風度。大凡善於幽默者，大多也是知識淵博、辯才傑出、思維敏捷的人。他們非常注意有趣的事物，懂得開玩笑的場合，善於因人、因事不同而開不同的玩笑，能令人耳目一新。

領導者要想培養幽默感，就得以一定的知識、修養為基礎，多學習那些詼諧、風趣的人開玩笑的方式、方法。至於那些性格比較內向、做事過於認真呆板的人，要學會欣賞別人的幽默，在社交過程中盡量讓自己輕鬆、灑脫、活潑，想辦法將話說得機智、委婉、逗笑。當然，開始嘗試會感到不大自如，但只要在與朋友坦率、豁達地交往中不斷實踐，幽默便會變得自如，幽默感往往會油然而生，使交往更加情趣盎然。

真正的幽默是一門學問，是一門科學，並不僅僅是引人發笑，因為引人發笑並不都是幽默。幽默的前提是諧趣，當

然有滑稽的因素，也是一種突然的領悟，是一種愉快感的具體感受。幽默的智慧是理智，它能將現實生活的豐富經驗、獨特的見解、廣闊的知識融合起來，揭示出現實生活中的特殊矛盾，從中發掘喜劇情趣，創造出美妙的幽默。

幽默演講的幾個小叮嚀

當你在臺上敘述某件趣事的時候，每一次停頓，每一種特殊的語調，每一個相對的表情、手勢和身體姿態，都應該有助於幽默力量的發揮，使它們成為幽默的一部分。重要的詞語應加以強調，利用重音和停頓等以聲傳意的技巧來促進聽眾的思考，加深聽眾的印象。

不要急於把幽默的「包袱」抖出來，應該沉住氣，要以獨具特色的語氣和帶有戲劇性的情節顯示幽默的力量，在最關鍵的一句話說出之前，給聽眾造成一種懸念。假如你迫不及待地把結果講出來，或是透過表情與動作的變化顯示出來，那就像餃子都破了一樣，幽默便失去風趣，只能讓人掃興。

不管你肚子裡堆滿了多少可樂的笑話和俏皮話，你都不能為了展現你的幽默能力，而不加選擇地一個勁地倒出來。演講的幽默風趣，一定要根據具體對象、具體情況和具體語境來加以運用，而不能使說出的話不合時宜。否則，不但收

不到幽默所應有的效果，反而會招來麻煩，甚至傷害對方的感情，引起事端。

有些人在做演講時，生怕自己不幽默，笑話一個接一個，就像連珠炮一樣。這樣一來，演講內容往往會脫離主題。聽眾聽起來，只是一味地笑，不知道你演講目的是什麼，甚至認為你只是在向他展示幽默才能或者在說單口相聲呢！

還有一種最煞風景的幽默演講，就是在講幽默之前和之中，自己就先大笑起來。自己先笑，只能把幽默給吞沒了。最好的方式是讓聽眾笑，自己不笑或微笑。這就是說，採取「一本正經」的表情和「引入圈套」的手法，才是發揮幽默力量的正確途徑。

在每次講話結束的時候，最好能激發全體聽眾發自內心的笑。不妨試一試，用風趣的口吻講個小故事或說一兩句俏皮話、雙關語或是幽默的祝願詞，這些都是很妙的結尾。總之，你要設法在聽眾的笑聲中說「再見」，讓你的聽眾面帶笑容和滿意之情離開會場。

掌握住幽默的分寸

世間一切美好的東西，都有一個尺度與分寸的問題。鹽是一個非常好的調味料，放少了菜餚無味，多了的話，會把

菜餚會變得苦澀無比。演講中運用幽默也有一個尺度，過度的幽默往往會使人產生油嘴滑舌、輕飄虛偽、喜好賣弄的感覺。

一句幽默的妙語可以為演講帶來輕鬆的氣氛與愉悅的心情，但是接連不歇的妙語、笑話、諷喻，卻只能阻塞溝通。因為「幽默轟炸」通常都會導致思維緊張，使聽眾跟不上節奏，或者在不停地大笑中忘記了你所要講的真正主題。除非你的演講完全是娛樂性質 —— 這樣性質的演講在領導者演講中占極少數，你千萬不要讓幽默「過飽和」。

此外，你要記住，動什麼也別動「崇高」。什麼是崇高？它就是人們所尊崇的莊嚴的事物。比如說，一個民族、國家、社會制度和宗教信仰等。清代陳皋謨所編輯《笑倒》一書後所附《半庵笑政》中，有「笑忌」一節，其中便有一忌：「侮聖賢」。這和我們所討論的褻瀆崇高是一個意思。每個時代不同的人群都有自己尊崇的「聖賢」，即神聖、崇高的事物。現代社會，為眾人所接受的英雄形象，能維護大眾利益的權威形象，似古時「聖賢」一般，不可拿來做幽默烹調的原料。

場合也是一個需要注意的問題。美國前總統雷根在一次國會演講前，為了試試麥克風是否正常，隨口開了一個玩笑：「先生們請注意，五分鐘後，我們將對蘇聯進行轟炸。」

這個玩笑開得可不是場合，簡直可以稱之為國際玩笑。結果，當時的蘇聯政府為此提出了嚴正的抗議，並要求雷根為此道歉。要知道什麼場合能夠開玩笑，能夠開什麼樣的玩笑。

最後，筆者在此介紹一個最簡單有效的幽默尺度鑑定法：假設你的講話，第二天會刊登在你所在的地區最受歡迎的報紙之頭版，而你不會因為這個幽默而感到窘迫 —— 那麼，你的幽默是在尺度範圍內。反之，則你最好將這個幽默捨棄 —— 無論它是如何地有趣。

不要為幽默而幽默

扣題是幽默演講的一個要求。否則，人家只是記住你的幽默而忘記了你的觀點。那些高明的演講大師，從來就不是單純地為幽默而幽默，他們的幽默，都能扣住主題，用來引出話題或強化觀點的。

如果你想製造扣題的幽默，應該把幽默與你所要表達的觀點連繫起來。你所要做的不僅僅侷限於選擇一個反映主題的笑話。例如：演講主題與電腦有關並不意味著任何與電腦有關的笑話都扣題。如果你想說明電腦並不是沒有錯誤的觀點，有關電腦差錯的笑話是扣題的，而有關電腦價格的笑話是不扣題的。

第七章　在你的演講中添加佐料

在幽默的所有手法中，類比是演講中最扣題的一種。類比是比較兩個不同的事物，尋找它們的相關性。建立這種關聯是類比的核心，並有助於保證幽默是扣題的。建立這種連繫的訣竅是將幽默與你在演講中所要闡述的觀點連繫起來。下面的例子說明了如何運用類比方法。

有個民間發明家在一次創新大會上推銷他的一項全新發明，他在演講中穿插了一個這樣的幽默——

「我不久前在書上看到一則有趣的幽默，說的是在科學家富爾頓第一次公開展示他發明的蒸汽船時，沒有人相信這東西能動得起來。有些觀看的人不斷鼓噪說：『動不了，動不了，絕對動不了！』沒想到船竟然一下子發動了，拖著美麗的蒸汽尾巴一路向前駛去。那些原先斷定『絕對動不了』的人見狀，馬上改口說：『停不了，停不了，絕對停不了！』」

講完這個幽默，他停頓片刻，繼續說：

在我進行這項發明長達 5 年的過程中，親戚朋友以及不少專家的反對聲從來不絕於耳。現在，我終於將這項發明做成功了，但反對聲依舊不少。他們說「推廣不了，推廣不了，絕對推廣不了！」為什麼推廣不了呢？我認為這個專案有著很好的經濟效益，其理由有……

看到這裡，相信你一定能悟出如何不讓幽默離題的技巧。

自嘲是最安全有效的武器

　　某位首長在會議結束後的記者招待會上，對著如閃電交織般的照相機閃光燈說：「我長得不好看，但希望你們把我拍得好看一點，因為我的形象代表政府。」

　　站在高高的演講臺上，當你想說笑話、講講小故事，或者造一句妙語、一則趣談時，最安全的標的就是你自己。如果你笑的是自己，誰會不高興？

　　幽默一直被人們認為是只有聰明人才能駕馭的藝術，而自嘲又被認為是幽默的最高境界。由此可見，能自嘲的人必然是智者中的智者，高手中的高手。自嘲就是要拿自身的失誤、不足甚至生理缺陷來幽默，對醜處不予遮掩，反而把它放大、誇張、剖析，然後巧妙地引申發揮、自圓其說、博得一笑。一個人如果沒有豁達、樂觀、超脫、調侃的心態和胸懷，是無法做到的。自以為是、斤斤計較、尖酸刻薄的人更是難以做到的。

　　早期著名諧星凌峰，在一次活動中，以其光頭「醜」相大放了一次光彩。在即興表演中，他打趣自己：「歷史的滄桑和苦難全寫在我的臉上，一般來說，女觀眾對我的印象不太良好，有的女觀眾對我的長相已經到了忍無可忍的地步，她們認為我身體比竹竿瘦，臉皮比木炭黑。但是，我要特別聲明：這不是本人的過錯，實在是家父、家母的錯誤，他們沒

115

徵得我的同意就把我生成了這個樣子……」凌峰先生的演講
被一次又一次的掌聲和笑聲打斷。在陣陣笑聲中，他道出自
己扮演丑角的真諦：「在我的人生觀看來，我認為每個人都在
扮演過許多次的小丑，有的時候是在孩子面前；有的時候是
在父母面前；有的時候是在妻子面前；有的時候是在主管面
前。我呢？是在觀眾面前，給大家帶來一首〈小丑〉……掌
聲有沒有都無所謂啦！」

　　凌峰的自嘲不傷害任何人，因而最為安全。你可用它來
活躍演講氣氛，消除緊張；在尷尬中自找臺階，保住面子。
總之，演講中運用幽默，自嘲是不可多得的靈丹妙藥，別的
招不靈時，不妨拿自己來開涮，至少自己罵自己是安全的，
除非你指桑罵槐，一般不會討人嫌，智者的金科玉律便是：
不論你想笑別人怎樣，先笑你自己。

最有力兼有禮的反擊武器

　　民主黨候選人約翰‧亞當斯（John Adams,）在競選美國
總統時，遭到共和黨汙衊，說他曾派其競選夥伴平克尼將軍
到英國去挑選四個美女做情婦，兩個給平克尼，兩個留給自
己。約翰‧亞當斯聽後哈哈大笑，馬上反擊：「假如這是真
的，那平克尼將軍肯定是瞞著我，全都獨吞了！」

　　約翰‧亞當斯最後成功勝出，成為美國歷史上的第二任

總統。亞當斯的勝利當然不應全歸功於幽默，但卻不能否認幽默魅力的功用。試想一下，如果亞當斯聽到攻擊之後氣急敗壞、暴跳如雷、臉紅脖粗，或辱罵對方的不義，或對天發誓：「若有此等醜聞，天打雷劈！」這樣的後果，是越辯越清還是越辯越「黑」都有待商榷。

站在臺上，很容易被人放冷箭、造謠言，並且被傷害。這種蓄意詆毀如不及時正確處理，對自己的影響力及尊嚴也有著極大的殺傷力。因為臺下站著無數的聽眾，你的一舉一動都處於焦點之中。置身此類局面下的人，最好運用幽默的武器，以四兩撥千斤的姿態，瀟灑地把對方打個四腳朝天。

美國前總統林肯就是一個精於此道者。他在一次演講中，有人當面詆毀他是一個「兩面派」，告誡聽眾們不要相信林肯。置身此境的林肯，並沒有花過多的時間與精力去辯白自己──他還有演講的正事沒說完，但他又不能完全置之不理，授人以默認的口實。他只用了一句話，就把「兩面派」的帽子扔到了太平洋。他對聽眾們說：「大家看看我這張臉吧──如果我有兩張臉孔的話，我還會成天拿這張臉來示人嗎？」

林肯的話引起了臺下聽眾的會心一笑，「兩面派」的說法就這樣煙消雲散。林肯得以繼續自己的演講，並獲得了大多數聽眾的支持。

第七章　在你的演講中添加佐料

　　蘇聯的著名詩人弗拉基米爾‧弗拉基米羅維奇‧馬雅可夫斯基（Vladimir Vladimirovich Mayakovsky）在大會上演講，他的演講鋒芒畢露、妙趣橫生。忽然有人喊道：「您講的笑話我不懂！」「您莫非是長頸鹿！」馬雅可夫斯基感嘆道，「只有長頸鹿才可能星期一浸溼的腳，到星期六才能感覺到呢！」

　　「我應該提醒你，馬雅可夫斯基先生，」一個無理聽眾擠到主席臺上嚷道，「拿破崙有一句名言：『從偉大到可笑，只有一步之差』！」──「不錯，從偉大到可笑，只有一步之差。」馬雅可夫斯基邊說邊用手指著自己和那個人。

　　馬雅可夫斯基接著開始回答臺下遞上來的條子上的問題：「馬雅可夫斯基，您今天晚上得了多少錢？」──「這與您有何相干？您反正是分文不掏的，我還不打算與任何人分哪！」

　　「您的詩太駭人聽聞了，這些詩是短命的，明天就會完蛋，您本人也會被忘卻，您不會成為不朽的人。」──「請您過一千年再來，到那時我們再談吧！」

　　「你說應該把沾滿『塵土』的傳統和習慣從自己身上洗掉，那麼您既然需要洗臉，這就是說，您也是骯髒的了。」──「那麼您不洗臉，您就自以為是乾淨的嗎？」

　　「馬雅可夫斯基，您為什麼手上戴戒指？這對您很不合

適。」──「照您說，我不應該戴在手上，而應該戴在鼻子上嘍！」

「馬雅可夫斯基，您的詩不能使人沸騰，不能使人燃燒，不能感染人。」──「我的詩不是大海，不是火爐，不是鼠疫。」

馬雅可夫斯基在別人的攻擊與詆毀之下，絲毫不亂陣腳，舉起幽默的寶劍將來自四面八方的冷箭乾淨俐落地斬斷。

──這就是幽默的力量。它能讓一個人面對謾罵、詆毀與侮辱時，毫髮無損地保全自己。

我們什麼時候看到過富有幽默感的人交流或論辯中被動過？即使是身處完全不容理性講理的險惡境地，他們也能以自己高超的幽默遊刃有餘。

如果你不夠幽默怎麼辦

充分地運用我們的幽默感是因為幽默是人的思想、情緒、閱歷、學識、智慧和靈感在語言運用中的結晶。但這不是天生的，需要從多方面去培養。幽默感是隨著人們閱歷和知識的不斷豐富以及對生活的不斷認知而形成的。

幽默作為一種能力，它像其他技能一樣，需要努力學習和實踐才能獲得。著名喜劇電影演員在談到培養幽默感時提出了三個條件：首先是知識修養；其次是對生活的樂觀態

度；第三是各種能力的綜合培養。

因此，培養幽默感必須從多方面去努力。

■ 廣聞博見、豐富知識

幽默與廣聞博見有什麼關係？

有一位秀才年年鄉試都落第，他每次寫文章便像吃了苦藥一般，抓耳撓腮，遲遲下不了筆。

妻子看他那愁眉苦臉的樣子，心中不忍，便說：

「你們男人做文章真比我們女人生孩子還難哪！」那秀才哭喪著臉回答說：「那當然，你們是肚子裡有貨，我的肚子沒有貨啊！」

這個笑話告訴我們，知識貧乏、腹中空空，是寫不出文章來的。同樣沒有知識、孤陋寡聞的人，即使是口齒伶俐，也不能說出幽默的語言來。

幽默是知識與智慧的產物。它要求有豐富的知識、廣博的見聞，因此，我們要對古今、天南地北、歷史典故、風土人情都有所了解，用自然知識、歷史知識、社會知識、生活知識充實自己的頭腦。在這個基礎上才能得心應「口」，出口成章，演講才能瀟灑流暢、生動有趣。一些著名的政治家、思想家、軍事家、文學家、藝術家和科學家，之所以富於幽默感，就在於他們都具有豐富的知識和閱歷。

為了豐富我們的知識，博覽群書是不錯的辦法，書讀多

了，知識自然得到充實。多讀書，也可看看一些語言幽默的書籍，如讀一些笑話集、諷刺小說、喜劇劇本等。這樣可以提升幽默感。

曹雪芹說：「世事洞察皆學問，人情練達即文章。」洞察社會的人情世故，這對於增強幽默感是極有幫助的。許多幽默的話語，都是建立在對社會各種事情的真知灼見之上的。如果沒有這種真知灼見就無法形成幽默。

■ 樂觀豁達

恩格斯說：「幽默是表明人對自己的事業具有信心並且表示自己占有優勢的表現。」

幽默的談吐是建立在說話者思想健康、情緒樂觀的基礎之上的。幽默永遠屬於那些樂觀的人，屬於生活的強者。所以，我們要熱愛生活，要樂觀、豁達，對人寬宏大度。這正如一位作家所說，「幽默者的心是熱的」，這樣才能充分享受生活的歡樂，才能觸目成趣，才能善意地表達自己的感受。

很多人在與他人對談聊天時，言談話語間流露出的一定的幽默感，使人感到分外熱情、親切，這便是與他們樂觀的天性有關。

用樂觀的態度看待事物，就會發現生活中的樂趣之處。同一件事，從不同的角度去看，就會產生不同的效果。這其中便有生活態度的問題。樂觀的人總是從樂觀的角度去看問

題的。培養幽默感，就要從積極的角度去看問題，這樣才能使自己樂觀面對生活，從而產生幽默感。

　　一個人如果總是背著沉重的精神包袱，整天憂慮重重，悲觀失望，他就不會熱愛生活，也絕不會有什麼幽默可言。

■ 注意培養自己的整體能力

　　幽默既是知識的結晶，又是多種能力的合成。因此，要培養幽默感，必須注重培養自己的多種能力。

　　首先要注意提升觀察力。只有這樣，才能明察秋毫，從平凡中看到本質，從司空見慣的日常小事中看到情趣，從而才有可能借助語言或其他手段幽默地表現出來。

　　有個年輕人，由於他善於觀察，從而發現生活中許多有趣的現象。如他發現兩個人在門兩側同時推門，門不能開；兩個人又同時拉門，力量相抵，門還是不開；兩個人在兩側同時發楞，然後兩人各自轉身離去。這種生活中的矛盾現象有很多人都見過，但熟視無睹，更沒有深想，所以也就無法發現其中的內涵。一位年輕人卻能發現，並且用漫畫表現出來，這說明觀察力在幽默中的作用。

　　其次，要豐富自己的想像力。富於想像，才能從平凡的生活素材中，找到別出心裁的幽默構思。

　　比如漫畫家以「一人得道」為題畫了幅「一半人」的青雲直上的升官圖：

　　打頭的大塊頭看不見，上半身已進入雲端，從夾皮包捉肚皮的莊嚴法相看來，顯然是「得道者」；接著第二個抱著他的大腿……最後是一個女孩摟著她爸爸的脖子，自己又背著玩具 —— 小狗和小雞。

　　看到這幅漫畫不由得令人拍手叫絕，它既引人發笑，又令人回味。這幅漫畫之所以構思巧妙，就在於漫畫家具有豐富的想像力。

　　除了培養觀察力和想像力之外，還應培養邏輯推理能力。因為許多幽默便是活用邏輯而構成的。高度概括表達能力也是必不可少的。培養了這些能力，就會反應敏捷、精密巧妙地把自己對生活的認知、理解表現出來。

■ 多向他人學習

　　要使自己的語言具有幽默感，還有一個有效的辦法就是向他人學習。在我們周圍不乏頗富幽默感的人，可以透過和他們接觸，如和他們聊天。在接觸中，增強自己語言的能力和受到他人的幽默的「傳染」。

　　我們還可以多看喜劇和相聲演員的表演，這對於增強自己的幽默感也是很有益處的。

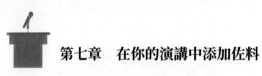

第七章　在你的演講中添加佐料

第八章
運用得體有效的肢體語言

我們先來做個小小的實驗：假設你交付下屬一個較為艱巨的任務，交付完畢後，你問下屬「是否有信心」，下屬回答「有信心」的時候，頭低著看地，目光游移不定就是不與你對視，面露難色，身體僵硬，你會相信他真的有信心嗎？

——我想：一個有經驗的主管，絕對會做出對方「沒有信心」的判斷。

在人與人的交流過程中，肢體語言傳達的資訊要比聲音語言多得多。如果你還有疑問，那麼我們再做一個實驗：假設你請我吃飯，我一面說好一面搖頭，你一定相信的是搖頭。

在演講時，既要講，更要演。要用你的手勢、眼神、表情、身姿來「表演」，以支持你的「講」。

布希父子競選總統的感悟

老布希家族無疑是美國名符其實的「第一家族」，因為這個家族締造了兩代總統的傳奇。要知道，在沒有世襲制的民主國家，父子先後在總統大選中勝出的機率幾乎近似於零。不過，我們這一節要說的不是這個奇蹟是如何難以創造，我們要說的是他們父子在演講上的得失。

美國憲法規定總統最多可以連任兩屆，但老布希在第一屆做滿後，第二屆競選連任遭到了失敗。1993 年，已經當了

四年總統的老布希欲連任，他的競選對手是柯林頓。平心而論，老布希在之前四年的任期內做得還是有一定成績的。在老布希與柯林頓的電視辯論中，雖然老布希講的論點對於美國人民非常重要，但他卻不停地看表，讓聽眾感覺他對這個話題與辯論十分厭煩。結果老布希居然輸掉了競選，將第52屆總統拱手交給柯林頓。說老布希看表丟了總統，顯然有失偏頗。但這些小的細節，累計起來的能量是巨大的。

8年後，老布希的兒子小布希總算幫父親爭回了這口氣。他成功贏得了競選，成為美國第43任總統。小布希在總統的道路上走得比父親要遠，在2005年，他成功獲得連任 —— 他比父親老布希要多做一屆總統。當然，小布希的演講也有諸多不盡如人意的地方，諸如「小布希又說錯話了」之類的新聞，經常見於報端。小布希出這樣的新聞已經不是什麼稀奇的事了，如：「網路的高速公路是不是太多了？」，「我認為中東的不穩定直接造成了這個地區的不穩定」。有心人甚至專門收集小布希的口誤編成布希語錄，並譏笑他為「白字總統」、美國史上最笨的總統，還說他智商只有91等等。

小布希口誤頻頻，但這並不影響他的總統連任，也不影響他的到處作演講。他演講時的手勢特別多，講個話總是用手比來比去。他在講話時甚至還有音樂指揮家的架勢，沒錯，他的確曾客串過音樂指揮。即使經常說錯話、錯字，小

第八章　運用得體有效的肢體語言

布希毫不受干擾，照樣手舞足蹈，緊緊抓住聽眾的注意力。媒體評論說，布希的手勢，總能貼切的詮釋文字。

在記者會上的每次發言，小布希超級多的手勢，讓氣氛從不冷場，語言專家對這一現象做了剖析。肢體語言專家派蒂伍德表示，「這是象徵性的肢體語言，當你說話時，姿勢也代表了說話的內容。」

看來，在演講上，小布希的肢體語言要比父親得體與豐富得多，他用肢體語言彌補了他言辭上的弱項。如果將肢體語言水準的高下來作為他們父子際遇上的不同（指連任），顯然有以偏概全之嫌，但透過他們之間的對比，讓我們不得不警醒：身為一個領導者，在演講上要又「演」又「講」，「演」出好戲，方能贏得信任。

在 1927 年 10 月電影《爵士歌手》（*The Jazz Singer*）在美國紐約的上演之前，電影在默片（無聲電影）時代默默地上演了幾十年，其中誕生了《波坦金戰艦》（*Battleship Potemkin*）、《淘金記》（*The Gold Rush*）等經典默片。在默片中，肢體語言是電影裡唯一的溝通方式。在當時，能否恰到好處地使用各種手勢以及能否巧妙地用身體各部位發出訊號與觀眾交流，是評判演員演技高低的標尺。

默片時代的電影，充分說明了肢體語言在人們交流與溝通中的重要作用。人類在感知上，視覺的衝擊力要比聽覺強

烈得多。國外研究肢體語言的專家認為：在一條資訊所產生的全部影響力中，有多半來自於無聲的肢體語言。

當很多人把口才的功夫幾乎全部下在嘴巴發出的聲音上時，聰明的演講高手早就意識到了肢體語言的重要性。肢體語言用身體的各種動作，從而代替或輔助口頭語言，以達到表情達意的溝通目的。狹義言之，肢體語言只包括身體與四肢所表達的意義。廣義言之，肢體語言還可以擴展到穿著打扮。

一個無心的眼神、一個不經意的微笑、一個細微的小動作，就可能決定了你演講的成敗。那些被我們所忽略的微小的肢體語言，有著如此之大的魔力。正是這些微妙的肢體語言，決定了我們在演講中是掌控別人，還是被別人所掌控。

如何讓手勢增強說服力

有一位溝通大師這樣說：「如果你在演講時不知道如何運用雙手，那麼摀住嘴巴是你的手最需要做的。」這句話有點狠，意思是如果你不懂得運用手勢，那麼就不要去演講。演講中不善於運用手勢的人不少，大師說這樣的狠話，只是用重錘敲響鼓，希望演講者時刻記住這句話而已。

手勢是肢體語言中運用最廣泛的一種。如果我們留心名人們的說話或演講，就會發現在他們身上有一個共同的特

點：說話或演講過程中總是伴隨著豐富而多種的手勢。千萬別小看這些動作，它對增加說話的精彩和力度，催化講話的投入和發揮有著無法替代的作用。手勢是聲音語言很有力的補充甚至替代。宣傳家雅羅斯拉夫斯基曾說：「演講者的手勢自然是用來補充說明演講者的觀點、情感與感受的。」其實，演講如此，其他場合的說話又何嘗不是如此？因此，手勢既可以引起聽眾注意，又可以把思想、意念和情感表達得更充分、更生動、更形象，從而給聽眾留下更深刻、更鮮明的印象和記憶。

然而，在很多場合，我們還是會看到一些人對於手勢的忽略。例如有的演講者，從一上臺到結束，兩手始終下垂於褲線，一直保持著立正的姿勢；有的演講者像害羞的小女孩，總是捏著自己的小手指；還有的演講者，好不容易伸出手來，可是讓人感覺很彆扭。而在一般的閒聊中，我們也能看到類似的情形。這一點，應該格外注意。

如何讓自己的手勢得體而又有效？美國著名的職業演講人馬爾科姆‧庫什納為此提出過一些指導性規則，我們摘錄如下——

❖ **要為使用手勢製造機會**：如果你擔心手勢的出現不那麼自然的話，庫什納建議你事先準備好的辦法，在演講中加進一些需要做手勢的專案：談論二選一的行動——

「一方面……另一方面」；談話一個東西多大或多小；談論到你將要提及的幾點時用手指來數。

❖ **要不斷地變化你的手勢**：如果不停地做出同樣的手勢，看起來會像是機器人。手勢的可預見性將會降低聽眾們的注意力。不要讓你的手勢陷入某一個固定的模式，要讓聽眾不斷地猜，才能讓他們目不轉睛地看。

❖ **要讓你的手勢與場合適合**：演講者們常犯的一個錯誤就是將小的、親密的手勢變成了大的、正式的手勢。舉個例子，在雞尾酒會上的人們做的手勢是用手臂的肘部和手部。面對少數的聽眾，這樣做是可以的，但是在面對很多聽眾的時候，這樣的手勢就會顯得很小氣。如果你在一個很寬敞的地方向一大群聽眾講話，那你就需要調整一下你的手勢。你必須將它們放開並且誇大。你想要強調重點嗎？那麼你在做手勢的時候，手臂的運動就應該是從肩膀到手部。

❖ **要做勇敢的手勢**：身為領導者，你的手勢應該傳遞的是信心和權威，嘗試性的、三心二意的手勢將會使你看起來很軟弱、優柔寡斷，要舉起你的手。如果將你的手舉得高於你的肘部，這樣看起來你會更令人信服。要大膽，如果用拳頭能表現得更生動就不要用手指。

❖ **不要去記手勢**：考慮一下你將要用到的手勢，考慮一下

將它們用在什麼地方才能配合你的演講。但是不要太仔細地去安排它們，並且不要去記手勢。美國某文理學院院長阿拉提亞·哈里斯說，她總能指出哪些演講者參加過手勢學校——因為他們看起來很滑稽。「他們的手勢要比他們說的話慢兩秒鐘，」她說，「你可以看到他們在那裡絞盡腦汁記住他們要做的手勢，這就像是他們在嘟囔自己的講稿一樣。」這看起來很滑稽。

❖ **不要讓手勢把你變成以下演講者：**

- **銀行家**：這些演講者不斷地搖他們口袋裡的零錢，他們看起來像一個找零錢機，這十分讓人分散注意力。

- **眼鏡商**：這些演講者不時地調整他們的眼鏡。一會兒把它帶上，一會兒又把它拿下來，或者把眼鏡往上推一推。

- **裁縫**：這些演講者會無意識地擺弄他們的衣服。對於這類的男性演講者來說，領帶是一個很大的擺弄對象。他們時而搓搓它、捏捏它、把它捲起來。

- **珠寶商**：這些演講者會無意識地擺弄他們的飾品。對於這一類的女性演講者來說，項鍊是一個很有吸引力的擺弄對象。而不時轉戒指的演講者卻男性女性都有。

- **乞丐**：這些演講者把他們的雙手合在一起，並且伸向

聽眾，好像他們在乞討一樣。

· **有潔癖的人**：這些演講者不停地搓他們的手，好像是在洗手一樣。由於某些原因，這看起來很搞笑，因為一沒有香皂，二沒有水，也沒有水槽，而且還有一群叫做聽眾的人在看。

· **玩具製造商**：這些演講者喜歡玩弄他們隨身攜帶的小玩具 —— 指尖陀螺等 —— 任何在旁邊能夠找到的東西。他們把這些東西放在手裡轉來轉去或是擠來擠去。這些東西分散了聽眾的注意力。

· **抓癢癢的人**：這些演講者總是把他們的頭髮往脖子後面或者是頭的後面攏。是的，聽眾們也知道這只是一個緊張時的習慣，但是他們也會在想，你究竟是什麼時候洗的最後一次頭。

別讓你的眼神出賣了你

美國第四十任總統雷根是演員出身，擁有高超的「演」講技巧。每次演講他都能充分運用眼神，有時像聚光燈，把目光聚集到全場的某一點上；有時則像探照燈，目光掃遍全場。因此有人評價他的眼神是一臺「征服一切的戲」。

愛默生（Ralph Waldo Emerson）講：「當眼神說一件事而舌頭說另一件事時，有經驗的人往往會相信第一種語言。」

第八章　運用得體有效的肢體語言

當一站在臺上，光線與目光聚集在他身上，如果他不能用眼神與聽眾發生互動，聽眾會很快對他和他的演講失去興趣。

在演講中，演講者的情感、風度、氣質等在一定程度上，都是透過眼神表達的。一字一句地讀講稿式的演講，是難於產生任何好的效果的，因為你的眼神一直盯著講稿。演講者必須與聽眾建立直接的眼神交流，這樣做才能掌握局勢。不要把視線只停留在前排中間的觀眾身上，左右和後排的人也要看到。但切忌眼神游離不定，黯淡衰頹，或過度地左顧右盼，或老是向上看，或老是閉眼、眨眼等。

你要盡可能頻繁地與聽眾進行視線接觸。直視他人的臉意味著坦率和興趣，而目光游移或者躲躲閃閃則被解釋為心懷鬼胎或者狡猾詭詐。

在演講時，你不要向窗外看。如果你向窗外看，那麼你的聽眾也會跟著看。對於看屋頂、牆壁或者地板也是一樣的。聽眾們會跟著臺上的人的目光看，而你就是站在臺上的人。看著聽眾，他們也會看著你。

在任何演講甚至是手拿演講稿的演講中，你應該將85%的時間用於進行視線接觸，只有在朗讀技術性資料或者簡單地參考一下你的筆記時，你的視線才不在聽眾席上。最重要的是，在你的開場白和總結陳述以及列舉最為雄辯有力的觀點和最為關鍵的論據時，要確保和聽眾保持視線接觸。

此外，與聽眾進行目光交流，還可以讓你及時得到現場資訊反饋，以便對自己的演講作相對的調整。

臉上表情豐富而又真誠

演講臺上不歡迎如同撲克牌一樣一成不變的臉。人臉上的每個細胞、每個皺紋、每個神經都表達某種意願、某種感情、某種傾向。古希臘最著名的演講家狄摩西尼（Demosthenes）在回答別人提問演講家最重要的才能是什麼時，曾說最要緊的是表情，其次是表情，再次還是表情。美國人評論羅斯福時說：「他滿臉都是表情。」演講者在演講時，他的高興、痛苦、激昂、悲傷、憤怒、失望、疑惑、煩惱等豐富複雜的內心世界，無不透過臉部表情來展現。如果演講者臉部不能靈敏及時而充分地表達喜怒哀樂，他的臉部表情只是一層冷漠，聽眾面對冷漠也只能回敬冷漠，演講效果當然不好。

臉上的表情要緊扣你演講詞中的情緒。一般來說，臉部表情的變化先於和預報了氣氛或心情的轉換。相比那句已經被用濫的老生常談「但更為嚴重的是……」用一副憂心忡忡的皺眉蹙額樣取代原本歡欣愉快的面容是一種更為高明的過渡。

你不需要事先對著鏡子練習鬼臉、微笑或怪相 —— 你所需要做的只是在正常表情的基礎上略作誇張而已。近距離接

觸中能發生作用的微妙臉部變化，後排聽眾是察覺不到的。

臉部表情是最準確的、最微妙的人的「晴雨表」。人的臉部表情貴在四個字：自然、真摯。微笑是演講中最常見的一種臉部表情，是演講者自信的象徵，禮貌的象徵、涵養的外化、情感的展現。在演講中運用性格開朗和溫和的表情，可以建立融洽演講氣氛，消除聽眾的排斥感，可激發聽眾情感，促進聽眾仔細聆聽。

下列場合可用微笑技法：

❖ 上臺與下臺時應微笑。這樣可拉近與聽眾的距離，把良好的形象留在聽眾心中。

❖ 表達讚美、歌頌等感情色彩時應微笑。要博得別人微笑，自己首先要微笑。

❖ 面對聽眾提問時送上一縷微笑是無聲的讚美與鼓勵。

❖ 肯定或否定聽眾的一些言行時，可以配合著點頭或搖頭，臉掛微笑。

❖ 面對喧鬧的聽眾，演講者可略停頓，同時臉掛微笑是一種含蓄的批評與指責。

下列情況請注意：表達悲痛、思考、痛苦、憤怒、失望、討厭、懊悔、批評、爭論等負面情緒時不能微笑。

最好站著發表你的演講

很多領導者似乎更習慣於四平八穩地坐著發表他的演講，這種姿勢有很多弊端。例如坐姿不利於胸腔發出中氣十足的聲音，不利於手勢的施展。而且，這種令方式也是滋生那種又臭又長的演講的「土壤」——反正坐著講話感覺不累。

演講的最佳姿勢是站立。一位著名演講家曾在介紹演講經驗時說：「演講者的體態、風貌、舉止、表情都應給聽眾以協調平衡的至美感受，要想從語言、氣質、神態、感情、意志、氣魄等方面充分地表現出演講者的特點，也只有在站立的情況下才有可能。」

演講者站姿規範如下：

❖ 挺胸，收腹，精神飽滿，氣下沉；

❖ 兩肩放鬆，重心主要支撐於腳掌腳弓上；

❖ 脊椎、後背挺直，胸略向前上方挺起；

❖ 腿應繃直，穩定重心位置。

演講站姿有以下幾種：

❖ **前進式**：這種姿勢是演講者用得最多，使用最靈活的一種站姿。右腳在前，左腳在後，前腳腳尖指現正前方或稍向外側斜，兩腳延長線成 45 度左右的夾角，腳跟距

離在 15 公分左右。這種姿勢重心沒有固定，可以隨著上身前傾與後移的變化而分別定在前腳跟與後腳上，不會因時間長而身體無變化不美觀。另外，前進式能使手勢動作靈活多變，由於上身可前可後，可左可右，還可轉動，這樣能保證做出不同的手勢，表達出不同的感情。

❖ **稍息式**：一腳自然站立，另一隻腳向前邁出半步，兩腳跟之間相距約 10 公分左右，兩腳之間形成 75 度夾角。運用這種姿勢，形象比較單一，重心總是落在後腿上。一般適應長時間站著演講中的短期更換姿勢，使身體在短時間裡鬆弛，得到休息。一般不長時間單獨使用，因為它給人一種不嚴肅之感。

❖ **自然式**：兩腳自然分開、平行相距與肩同寬，約 20 公分為宜，太寬會影響呼吸與聲音的表達，太窄則顯得拘束。

此外還有立正式、丁字式等。

當然，一些篇幅較長的政治演講、學術演講、法庭演講、論辯演講也可採用坐式。運用坐式要文雅、大方，落座時要輕盈、和緩，切忌急急忙忙，人未站穩就重重地將屁股落在椅上。落座後要保持上身正直，頭平穩，力戒歪斜肩膀，半躺半坐和兩手交叉在胸前等不良姿勢，兩腿微曲併攏，兩腳並起或稍前後分開。不要蹺二郎腿，勾著腳。

第九章
利用好視覺道具這個幫手

第九章 利用好視覺道具這個幫手

俗話說「百聞不如一見」，在你的演講中，運用一些視覺道具，可以省時省力地將某個問題解釋清楚，以及加深聽眾的印象。比如我們在國中時學習生物，老師總是喜歡帶一些標本或模型或相關影音投影教學，一邊展示一邊講解，不但使課程生動活潑，還能讓學生直觀地掌握一些知識。

想一想，當一個演講者在講到遵守交通法規時，還有什麼比一張血淋淋的違規駕駛事故場面更具有視覺衝擊力呢？

常用的道具還有哪些

隨著時代的進步，演講用的道具也花樣迭新。當今，演講者可以利用的道具不再拘圍於上一節所提及的實物，還有各種圖片、表格、幻燈片等。以下我們就各種道具的功能進行簡述。

■ 實物或複製品

為了說明新產品使用起來非常簡便，演講者可以用一個真實的產品來證明自己的話，演示兩者搭配使用有多麼方便。而同樣的內容如果用語言表達會花費很長時間而且難以說清楚。但是，如果聽眾人數龐大，這種演示就將商品投影，這樣後面和外圍的人就能看清楚。

■ 圖表和曲線圖

利用軟體製作的圖表和曲線圖用來描述數據，它們還可以用來描述一些非數字的關係，比如組織結構、流程、管理條例等等。圖表和曲線圖以檔案簡報或是雲端簡報呈現以便透過投影機播放。以下列出了圖表和曲線圖的常見種類以及它們的用法：

❖ **條形圖**：這種曲線圖可以用來比較各種數據 —— 如裝飾品和配件的銷售對比；各種品質管理方法下的廢品數對比；嬰兒和成年人出現藥物反應的對比。

❖ **流程圖**：這種圖表適用於描述一系列的步驟 —— 公司的工作 SOP 程序；一條提案怎樣可以定為規則；緊急電話是怎樣處理的。

❖ **線圖**：當要表示某個量在一段時期內的變化時，用線圖就非常合適。線圖適合於用來表示各種類型的數據變化趨勢 —— 例如股票 K 線圖、選票分布、生產收益等。

❖ **組織結構圖**：誰向誰作報告？無線通訊部和資訊服務部的關係是怎樣的？歐洲分部究竟是一個獨立的部門還是總公司的一部分？這類問題可以用組織結構圖來回答。

❖ **圓餅圖**：圓餅圖用來表示各部分所占比例的相對關係。比如：西部地區的收益占 80%，東部占 10%，南部占 7%，北部占 3%。

❖ **數據列表**：這是數據表的最基本形式。這種形式很枯燥，但是有時候數字的魅力使得形式成為次要問題。

■ 幻燈片

舊式投影機現在已成為古董級的東西，很少見，人們大多利用筆記型電腦連接到投影機上播放製作的簡報。精心設計的簡報能夠突出要點，為你的演講增加一些變化，並能抓住聽眾的注意力。但是簡報放映有兩大缺點。第一，放映簡報時，需要把整個屋子或至少是屋子的一部分變暗，這容易使聽眾打瞌睡。第二，簡報一旦開始播放，它們的順序一般人就不能改變了，這樣在演講時就無法調整簡報的先後順序。

相比之下，使用簡報的另一個缺點比較容易克服，即有些演講者總是把簡報自動播放設置得太快。故應該留出足夠的時間，讓大家都能看清楚。演講高手認為：每張簡報至少要留出 20 秒，讓聽眾去閱讀和消化理解裡面的內容。有些人因為簡報做得太多了，因此不得不快速地翻頁。這顯然是事與願違。

■ 活動掛圖

現在的活動掛圖大多是掛在白板上的紙製大圖畫。活動掛圖在商務會議中使用得非常普遍，這是有原因的。活動掛圖的適用性很強：演講時，你可以在上面寫字，也可以在事

先準備好的紙上寫，因此使用起來很方便；你不必去找電源開關、插座、或替換用的電燈泡，它總是能正常工作（除非你的記號筆沒水了）；它易於運輸，價格便宜。這些都是活動掛圖的優點。它的缺點是，當聽眾超過 50 人時，使用它的效果不好。坐在後面的聽眾會看不清掛圖上的內容。更有甚者，有些演講者非常不小心，以至於坐在前排的聽眾也看不清圖上的內容。

■ 多媒體

多媒體是指影片、文字、圖片和聲音的混合體。在通常的商務會議上，你肯定聽過這種精彩的演講。將電腦放在一臺投影機上，輕擊滑鼠游標，螢幕上不僅會播放錄影，還可以加入文字幻燈片，當然也可以發出聲音。

多媒體道具所需的三種基本設備是：一臺電腦，一部音響設備，一臺投影機。當然，你還需要相關的製作軟體。

多媒體演講要播放的聲音和圖片要透扎實體才能播放。聲音好說，如果你演講的地方有音響系統，只要將電腦接到系統上就行了。如果那裡沒有音響系統，你就必須自帶喇叭。要想播放圖像，你則需要液晶投影機。這是一種特殊的投影機，它能把你電腦螢幕上顯示的內容投影到大螢幕或牆上。最新款也是最高級的投影機非常小，攜帶很方便，而且它的圖像亮度很高，播放時不需要關燈。

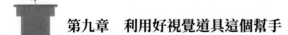

對道具的基本要求

　　道具的大小要適中，這取決於你發表演講的場所和聽眾的人數。如果可能，最好先對設備進行檢查。站在演講廳的最後排，設想演講的場景，或者如果你已經有了粗略的模型或者草圖，把它放在你在演講中要用的地方。顯然，如果道具太小，你要把它放大。一個辦法是用投影機演示幻燈片。或考慮房間的大小，縮小過於龐大的道具，否則你搬動這些傢伙的時候會顯得非常笨拙。

　　圖像中的線條應該用粗黑體。模型的各個部分要大小適中，能夠區別開來。簡報或記錄片的顯示器應該使房間裡的所有人都能看到，投影機的焦距應該足夠長，能夠全螢幕投影。如果你要播放影音，液晶電視應該放在較高的位置，使後排也能看清楚，如果場地足夠大可考慮準備多個液晶電視，以保證每個人都能夠看到。

　　不要使用過於繁瑣的道具。道具的細節應該考慮使聽眾很容易區分各個組成部分。不要在地圖、圖例、表格、模型和照片上填充大量內容，這樣聽眾會弄不明白你指的是哪一部分。

　　任何道具上面的文字說明都要簡單易懂，清楚地用黑色印刷體標示。除了說明各個部分或每條內容的文字之外不要加入任何不必要的文字。

在展示資料時要保持連貫性。如果你的第一份資料是圓餅圖，後面針對類似或相關問題的內容也應該用圓餅圖表示。

用不同的顏色標示一個物體或象徵性物品的不同側面。用藍、紅、黃色標示的巨大的心臟圖案可能看起來完全不像真的，但是他們在順著你的解釋看下去的時候會很容易記住各個部分。

運用道具時該注意些什麼

你的資料應該及早準備，這樣可以有時間演練幾次。這會提醒你注意到可能需要改動的地方。操作要嫻熟，這樣在發言的時候不會手忙腳亂。道具是最容易分散注意力的東西，一定要按照正確的順序整理好圖表，預先組裝好模型，設備要保證毫無故障。避免在使用道具時出現問題而把演講搞砸，要認真練習，提前留出充裕的時間進行調試。

要對自己的資料瞭如指掌，這樣在解釋這些資料內容的同時可以注視聽眾。很多演講者背朝向聽眾，直接對這些資料講話。這樣無法看到聽眾的反饋，聽眾聽起來也會費力。

在演示過程中避免長時間停頓。如果過程很複雜，或者要採取幾個步驟才能達到預期的理想效果，你可以借鑑電視裡的烹調節目的安排，在不同的階段準備不同的輔助資料。

這樣做可以避免你和聽眾都等候得不耐煩。比如：演講者可以說，「然後你把膠水黏到兩片紙上，像這樣把它們貼緊，讓它自然乾燥。這裡是一些已經晾乾的，我來向你們說明接下來應該做什麼……」如果幾個步驟之間不可避免地出現了空檔，要準備一些穿插內容，比如說相關的歷史淵源，來填充這段時間。

在準備使用視覺道具之前，把它們蓋起來，放在看不見的地方，或者翻過來扣放。用完後馬上把它們收起來或重新蓋上。

避免把東西在聽眾之間傳來傳去，這樣在接下來的幾分鐘裡注意力就會分散。這個規矩倒是可以靈活改變的，尤其是在你談論特殊話題時，聽眾可能很少見你要講述的東西，你可以在他們中間傳閱。但最好還是在講話結束後讓大家圍觀，比如在進行討論的時候。同樣，分發資料或樣品等也應該在演講結束後進行。你應該讓聽眾聽你演講，會後再傳閱相關資料。

注意不要過度使用道具。在演講中使用道具時，演講者容易犯的一個主要錯誤就是使用道具的時間太長。

最後，不要強制使用道具。如果道具不能正常工作，也不要強制使用它 —— 尤其是在可能出現危險的情況下。曾有技術專家要演示切割，不知是哪裡出了問題，演示無法進

行。他用各種方法向刀施力，結果把手指弄傷了。當你弄得渾身是血的時候，聽眾肯定會騷動起來，再也無法把注意力集中到演講上了。

知道如何用麥克風嗎

在一些較大的場合發表演講，麥克風是一個貼心的小助手。它可以幫你將聲音輕而易舉地傳遍全場，同時也能讓你的聲音更加容易地在高低起伏中傳遞情感。但是，這個非常熟悉的道具，還是有很多人並不會用。也許有人會抗議這句話：麥克風我怎麼不會用呢？把開關向上推是開、往下推是關。

——這樣說似乎無懈可擊，因為麥克風的開關設置是國際統一的。但這樣辯解是沒有說服力的。「會用」並不是開關那麼簡單。

為了方便講解，我們將麥克風在能否自由移動上作個區分：一種是固定式的麥克風，一種是半自由式的麥克風，還有一種是自由式麥克風。

固定式的麥克風常常出現在演講用的臺桌上，有一個底座。這種麥克風最大的缺點是將演講者的位置固定了，你的嘴巴必須遷就話筒，這導致你的肢體語言不能盡情發揮，更導致你不能在講臺上走動。

第九章　利用好視覺道具這個幫手

最好用的麥克風是懸掛式無線耳麥。它可以夾在你的襯衫、外套或領帶上，沒有線來限制你、纏繞你，你甚至可以走到聽眾中去舞動你的雙手發出呼籲，而不必擔心音量、音效等問題。總之，你可以盡情地發揮。因此，這種麥克風是演講的首選麥克風。

簡單地介紹了麥克風後，下面我們將一起來了解使用麥克風的一些技巧。

■ 檢查麥克風

在演講之前讓你自己適應整個音響系統。了解如何開關麥克風以及它的有效距離範圍。測試麥克風是否有效時，不要用手重力敲話筒，也不要用嘴吹，這些動作很不雅觀。還有些人喜歡用「喂、喂……」的發音來檢測，這些都是讓聽眾不快的舉動。只要輕輕地說上一句「現在試音，一二三」即可。如果它在工作的話，你將會看到聽眾在關心你。

■ 拿著麥克風的時候做手勢

如果你用的是一個手持式麥克風的話，做手勢將會是一個問題。不要擔心，有兩種方法可以處理這種情況。第一，講話時將手勢限制在一隻手臂和一隻手上。（另一隻手拿著麥克風。）第二，你可以用兩隻手來做手勢 —— 如果你做手勢的時候停止講話。即使你不停止講話，也沒有人會聽

見，因為麥克風已經離你的嘴很遠了（在你正在做手勢的手上）。這是演講者犯的一個普遍毛病。在演講者的手勢把麥克風移動得忽遠忽近的時候，你聽到的聲音也是忽大忽小的。記住：一隻手，繼續講；兩隻手，不要講。只要你做得正確，選擇哪一種方式都可以。

■ 麥克風與臉的位置要合適

如果你把麥克風放到面前，它就會在你和聽眾之間製造隔閡。聽眾會看不清楚你的表情，而你像戴著一個鐵面具一樣沒有親和力和可信度。解決辦法是：將麥克風放在離你下巴半英吋遠的地方。

■ 如果麥克風壞掉了怎麼辦？

麥克風壞掉的時候，你通常可以知道。如果在你講話的時候麥克風壞了，那就不用它。對著一個不響的麥克風講話看起來真的很可笑。你可以告訴聽眾：「很抱歉，沒聲音了。」（或者像我們在第七章中所提到的席哈克一樣，說：「這可不關我事，我沒碰它。」）然後不用麥克風，繼續你的講話，當然前提是你的肺活量允許。假設有人會修理音響系統，那你如何知道麥克風可以用了呢？每隔一分鐘拍拍麥克風的頂部。當你聽到金屬的「噹噹」聲時，它又可以用了。將麥克風貼近你的嘴繼續演講。

149

第九章　利用好視覺道具這個幫手

■ 在沒有麥克風的情況下講話

　　如果麥克風壞了，你要在沒有麥克風的情況下講話，你必須大聲地講以便讓所有的聽眾都能聽得到。但是你應該用多大聲呢？有些時候這是很難判斷的。試試這樣做：看著最後一排，好像你在與那一排的某個人對話那樣講話。如果房間的深度隔開了你們的話，那就用你最大的音量。即使這對你來說太大聲了，但是聽眾聽起來卻很自然。如果你對著最後一排講話的話，那麼其他的人也能夠聽得見。

■ 演講結束後摘下麥克風

　　當你的演講結束後，你必須記得摘下衣服或領帶上的麥克風（如果你用的是懸掛式無線耳麥）。有一些演講者忘記了這一步，結果，這個還在傳遞聲音的「密探」將會把你下臺後與他人的閒聊、甚至進入洗手間的各種聲音帶給你的聽眾。這無疑是大失形象的。

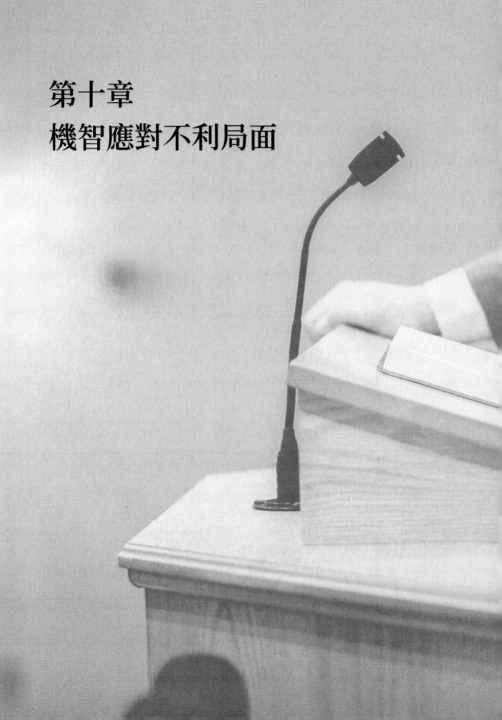

第十章
機智應對不利局面

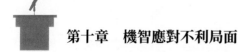

第十章　機智應對不利局面

在演講中，會有各種各樣的不利局面出現。就像我們先前打過的比喻，你是機長、聽眾是乘客。你如何來保證在多變的天氣中，帶領眾口難調的乘客和你一路平安降落？

空位症候群

你當然希望自己是一個登高一呼應者雲集的人物，但是，很遺憾。在某一次演講時，你驚訝地發現自己並沒有想像中的影響力：來聽你演講的人數比你預計的要少得多。這真讓人沮喪，但演講還得繼續。有些人會因為聽眾稀少而產生「空位症候群」，這種症狀的特點是演講者因面對空空如也的聽眾席情緒低落而造成表現失常──這真是一種雙重失敗，因為下一次來聽你的演講的人會更少。你只有講得更好，才能夠減少今後再次出現此類局面的難堪。

戴爾‧卡內基是一個溝通大師，他的演講水準可謂一流水準。不過，在他剛出道時，也遇到過在大禮堂面對零星聽眾的尷尬場面。他總結出來的有效應對措施是：請零星分布的聽眾聚集在前排，造成一種小範圍內的人氣。別小看這種並沒有改變人數總數的「無聊」方法，這的確非常有利於你的演講。因為零星散坐的聽眾，他們的中間留有空隙和空椅子，他們便不會被鄰座的人引起熱烈的感情來，所以他們的感情的表示，便和群聚著的聽眾的感情的表示有所不同了。

一位牧師，他在耶魯大學演講怎樣傳道，中間有一段話，就是講述這個問題的，現在把它抄錄在下面：「人們常說：『你不以為對很多人聽眾演講比對少數聽眾演講要興奮得多嗎？』我的回答是『不』，我對 12 個人也能講得很高興的，如果那 12 個人他們都緊緊地圍繞我坐在一起。但是，如果有一千個聽眾，每兩人的中間要離著四尺的距離，使他們成了散開的樣子，那就像使各人處在一間空屋子中一樣，彼此便不易發出交流的電波一般的情感來了。所以，你如果使聽眾緊聚在一起，你僅僅使用了一半的氣力，便可以獲得一倍的功效了。」

人與人之間是相互影響的，情緒總是如同一種很厲害的傳染病。這就是當我們處身在熱鬧的舞廳時，為什麼總是想讓身體動起來的原因 —— 因為你身邊的人都在瘋狂。

美國當代著名演講大師庫什納認為：將大禮堂裡稀稀落落的聽眾組織在一起，同樣的人數，發出同樣的笑聲或掌聲，要比散坐著顯得更強烈。而且，這樣也有利於演講者及時準確地捕捉聽眾的反應，以相對的調整、完善自己的演講細節。

一旦我們明白了以上說的原因，在演講的時候，對於聽眾們是否散坐就得加以注意了。假使聽眾不多，他們是零星散坐著的話，你應該在開口演講之前，誠摯而又堅決地請他

們緊坐在一起，這一點是十分重要的。再者，如果聽眾不多的話，你不要使大家散坐在空曠而較大的禮堂中，應該選擇一間小屋子，那你講起話來容易效果更大。

在人少的情況下，除非你有著特別的原因必須站在臺上講話，最好你不要站到臺上去，你應該走下臺來，打破了鄭重的形式，走到聽眾中去，靠近他們，和他們互動。這樣，你和他們容易產生出感情來，你的演講也就不易失敗了。

冷場的尷尬

你在臺上眉飛色舞，聽眾在臺下頻頻點頭 —— 別高興太早，他們到底是點頭還是在打瞌睡？

冷場 —— 這是一個讓所有演講者都感到不安的現象。聽眾們似乎對你的演講根本沒有興趣，他們有的在滑手機，有的在打瞌睡，有的在聊天，有的在發呆……顯然，如果任由發展，你的演講將是失敗的。該怎麼辦？

■ 講述趣聞軼事，吸引聽眾的注意力

趣聞軼事是人們在生活中津津樂道的閒談資料，生活中的許多情趣即由此而來。演講者抓住人們渴望趣味的視聽傾向，恰當而又適時地講述一些趣聞軼事，會使呆板的演講現場馬上活躍起來，聽眾的注意力也被迅速地集中到演講內容上，這時演講者再繼續下文，效果就要理想得多了。

■ 讚美聽眾，求得共鳴和好感

聽眾發現演講內容與自己的關係不大，自然不會給予太多的關心。在這種情況下，常常會出現冷場。此時，演講者應該注意採用恰當的方式，拉近與聽眾的心理距離。貼近聽眾的一個有效方法就是發自內心地讚美聽眾，用於情於理的話語撥動聽眾的心弦，激起他們的共鳴，使他們重又對演講產生濃厚的興趣，從而打破冷場的尷尬局面。

周先生到某醫學院演講，上臺後不久發現臺下的聽眾大多興趣缺缺。他連忙在演講中加了一段回憶自己生病時的話：「……每當我憶起那病中的時光，白衣天使就引起我深情的遐想。是她們用精湛的醫術以及高尚的醫德，重新給了我第二次生命。在這裡，我向各位已走向或將要走向工作職位的白衣天使們表示由衷的感謝。」這段讚美醫護人員的話，贏得了臺下聽眾的好感。這時，周先生便將醫生治病與治理醫藥腐敗的道理連接起來，這樣的演講議題既符合聽眾口味，又避免了空洞說教。

■ 讓聽眾和自己一起思考，調動聽眾參與的熱情

演講實際上也是一種雙向互動的過程，演講者以自己的演講詞和肢體語言來感染聽眾，反過來，聽眾的積極回應也有利於推動演講的順利進行。因此，演講者在需要的時候向聽眾提出富有針對性和啟發性的問題，可以調動聽眾參與演

講活動的熱情，使他們意識到，自己也是整個演講的一個重要組成部分，這樣會有效地避免冷場和打破冷場。

■ 製造聲響，喚醒聽眾

聽眾們已經睡著了，或是半昏睡狀態，或是一片茫然。你可以做一些立即奏效的事情，將聽眾從昏睡狀態中驚醒。你的行動必須聲音要大，或者生動，或者兩者皆有。考慮這些提示：

❖ 用拳頭敲擊講臺桌；

❖ 發出怒吼；

❖ 將你的講稿扔到地板上。

任何一樣都能叫醒聽眾。但是這只是一個詭計，你需要將這些動作結合到你的演講當中去，這樣它們才能奏效。否則，這看起來好像你只是想要叫醒聽眾。

▎忘詞的窘迫

忘詞這個現象，雖然大多發生在演講的新手身上，但老手也並非能夠倖免。新手忘詞一般是因為緊張，老手一般是因為一時思維短路。據那些著名的演講大師坦白，在他們的演講往事中，也都發生過數次忘詞。

忘詞非常麻煩，但你只要知道如何「亡羊補牢」，也可

以做出一個高明的、沒有任何破綻的演講。忘詞最忌諱的是啞口無言地愣在臺上、絞盡腦汁地悶思苦想。時間就這樣一點一滴地過去，全場靜默，都注視著臺上的苦主。苦主這時汗流浹背，真恨不得找個地洞鑽進去。

其實，忘詞時，你完全可以找一個巧妙的藉口來贏得思考的時間。卡內基認為，這種時候最有效的方法是提問。比如：你在講關於本公司員工福利改革這個話題，講到「薪資改革勢在必行」時，忘了下面的該說的幾點理由了。這時，你可以就這個話題向聽眾提問，產生互動。提問的方式很多，只要緊扣「薪資改革」四個字就行了。例如可以直接問：「有人想說對於我們現行薪資制度的看法？」然後一邊假裝尋找回答的聽眾一邊回憶自己的演說詞。任意找一個聽眾後，你可以借「認真」（一定要裝出認真的樣子）聽他說的自己見解的機會，再次思考自己該說的下文。等他說完了（最多給他一分鐘時間，畢竟是你在演講），如果你想起了下文，就簡單地評價一下發言者的觀點，再回歸到既定的演講軌道。如果依然沒有想起來，也可以圍繞借這個發言者的觀點，臨時組織語言，將理由能說多少就是多少，然後繼續講你沒有忘的詞。

最最要命的是你的忘詞忘「大」了。不是忘了中間的一段而是將後面的話全忘了。你用別人回答問題的時間還是沒

有想起下文。這時候，是考驗你即興演講的時候了。你乾脆就當自己沒有預先準備講演一樣，緊扣演講的目的，延續你前面的演講走向，一邊思考一邊演講（關於即興演講的訣竅我們在本書的第十三章會詳細介紹）。這樣的演講也許會不盡如人意，但總比你站著發呆好多了。而且，說不定在你即興演講時，一個偶然的詞彙或什麼又讓你想起了忘記的詞呢。你又可以用個圓滑的方式回到正軌。

總之，忘詞時你千萬不可傻站著讓聽眾看出你忘詞了。實在忘得一乾二淨而你的即興演講也不那麼在行的話，就想辦法盡快地不露痕跡地早點結束自己的演講。

也許有人會這樣說：準備一份演講稿不是就可以避免這種忘詞的窘迫了嗎？是的，有講演稿在手裡抓著人，是永遠也不會「忘詞」的──只要他認識講稿上的字就行了。但是，拿著一疊紙走上講臺，看著講稿的演講，永遠沒有不拿講稿的人那麼有熱情與魅力。脫稿而講的人，有更多肢體語言施展的可能，也有更多用眼神與觀眾交流、溝通的時間。各有利弊，看你如何選擇。

自己說錯話了

寫錯的字可以塗改，說錯的話卻如飛出去的箭無法回頭。因此，領導者在大庭廣眾之下的演講要謹防言辭失當。

但世上沒有打仗的常勝將軍，演講亦如此，即使是美國前總統福特這樣的名人，也說過「某主要住著某」之類的胡話，其他的人就更不用說了。下面我們將談談領導者在演講臺上言辭失當時，如何巧妙化解。

■ 及時改口

歷史上和現實中，許多能言善道的名人在失言時仍死守自己的「城堡」，因而慘敗的情形不乏其例。比如 1976 年 10 月 6 日，在美國福特總統和卡特共同參加的、為總統選舉而舉辦的第二次辯論會上，福特對《紐約時報》記者馬克斯·佛郎肯關於波蘭問題的質問，作了「波蘭並未受蘇聯控制」的回答，並說「蘇聯強權控制東歐的事實並不存在」。這一發言在辯論會上屬明顯的失誤，當時立即遭到記者反駁。但反駁之初，佛朗肯的語氣還比較委婉，意圖給福特以更正的機會。他說：「問這一件事我覺得不好意思，但是您的意思是在肯定蘇聯沒有把東歐化為其附庸國？也就是說，蘇聯沒有憑軍事力量壓制東歐各國？」

福特如果當時明智，就應該承認自己失言並偃旗息鼓，然而他覺得身為一國總統，面對著全國的電視觀眾認輸，絕非上策，於是繼續堅持，一錯再錯，最後為那次即將到手的當選付出了沉重的代價。刊登這次電視辯論會的所有專欄、社論都紛紛對福特的失策作了報導，他們驚問：

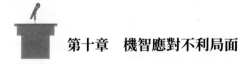
「他是真正的傻瓜呢？還是像隻驢子一樣的頑固不化？」
卡特也乘機把這個問題再三提出，鬧得天翻地覆。

高明的辯論家在被對方擊中要害時絕不強詞奪理，他們
或點頭微笑，或輕輕鼓掌。如此一來，觀眾或聽眾弄不清他
葫蘆裡藏的什麼藥。有的從某方面理解，認為這是他們服從
真理的良好風範；有的從另一方面理解，又以為這是他們不
屑辯解的豁達胸懷，而究竟他們認輸與否尚是個未知的謎。
這樣的辯論家即使要說也能說得很巧，他們會向對方笑道：
「你講得好極了！」

相比之下，美國總統雷根訪問巴西，由於旅途疲乏，年
紀又大，在歡迎宴會上，他脫口說道：

「女士們，先生們！今天，我為能訪問玻利維亞而感到
非常高興。」

有人低聲提醒他說溜了嘴，雷根忙改口道：

「很抱歉，我們不久前訪問過玻利維亞。」

儘管他並未去玻利維亞。當那些不明就裡的人還來不及
反應時，他的口誤已經淹沒在後來的滔滔大論之中了。這種
將說錯的地點從時間上加以掩飾的方法，在一定程度上避免
了當面出醜，不失為補救的有效手段。只是，這裡需要的是
發現及時、改口巧妙的語言技巧，否則要想化解難堪也是困
難的。

在實踐中，遇到這種情況下，有三個補救辦法可供參考。

❖ **移植法**：就是把錯話移植到他人頭上。如說：「這是某些人的觀點，我認為正確的說法應該是……」這就把自己已出口的某句錯誤糾正過來了。對方雖有某種感覺，但是無法認定是你說錯了。

❖ **引申法**：迅速將錯誤言詞引開，避免在錯中糾纏。就是接著那句話之後說：「然而正確說法應是……」或者說：「我剛才那句話還應作如下補充……」這樣就可將錯話抹掉。

❖ **改意法**：巧改錯誤的意義。當意識到自己講了錯話時，乾脆重複肯定，將錯就錯，然後巧妙地改變錯話的含義，將明顯的錯誤變成正確的說法。

■ 顧左右而言他

某校某班在一次段考中，數學和外語成績突出，名列前茅。校長在會議上這樣說：

「數學考得好，是老師教得好；外語考得好，是學生基礎好。」

在座老師聽罷沸沸揚揚，都認為校長的說法有失公正。李老師起身反駁：

第十章　機智應對不利局面

「同一個班，師生條件基本相同。相同的條件產生了相同的結果，原是很自然的事，不公平的對待，實在令人費解。原有的基礎與爾後的提升有相互連繫，不能設想學生某一學科基礎差而能提升得快，也不能設想學生某一學科基礎好而不需要良好的教學就能提升。校長對待教師的勞動不一視同仁將不利於團結，不能調動教師的積極性。」

會場有人輕輕鼓掌，然後是一陣靜默。而靜默似乎比掌聲對校長更有壓力的挑戰意味。校長沒有惱怒，反而「嘿嘿」地笑起來，他說：

「大家都看到了吧，李老師能言善辯，真是好口才。很好，很好！言者無罪，言者無罪。」

儘管別人猜不透校長說這話的真實意思，然而卻不得不佩服他的應變能力：他為自己鋪了臺階，而且下得又快又好。聽了上述回答後，無人再對校長追問此問題。

要撤退，就不宜做任何辯解，辯解無異於作繭自縛，結果無法擺脫。

■「栽贓」法

這個方法看上去有「陷害」的意思，似乎很不厚道。其實不然，讓我們來看張經理是如何巧妙「栽贓」的。

張經理在晨會上，談到業務人員外出挨家挨戶拜訪時的怨言，說：「這是在浪費精力。」說完後突然發現自己講錯

了，潛藏了一個「不該做」的處理。怎麼辦？他一點也不慌張，繼續說：「很多人都持有這樣的觀點，包括在網上，我也看到很多類似的說法。但事實上，這不僅是很多公司開發新客戶的一個有效方法，也是鍛鍊業務人員察言觀色、口才以及提升心態的一種祕訣。很多著名的業務大師，就是從拜訪中成長的。」

你看，他一句「很多人……」就將自己的口誤輕易地遮掩，沒有任何痕跡。不過，用這個方法時，應該注意的是：「栽贓」時不要具體地栽到某個人身上，要用大而化之的「有些人」或「網上」之類的不確定稱謂，以免引來不必要的麻煩。

■ 將錯就錯

這種方法就是在錯話出口之後，能巧妙地將錯話續接下去，最後達到糾錯的目的。其高妙之處在於，能夠不動聲色地改變說話的情境，使聽者不由自主地轉移原先的思路，不自覺地順著演講者之思維而思維，隨著演講者之話語而調動情感。

紀曉嵐稱皇上為「老頭子」，不巧被皇上聽到，龍顏大怒。紀曉嵐急中生智，說：「皇上萬歲，謂之『老』；貴為至尊，謂之『頭』；上天之子，謂之『子』。」皇上聽了，轉怒為喜。

第十章　機智應對不利局面

紀曉嵐的將錯就錯令人叫絕。錯話出口，索性順著錯處接下去，反倒巧妙地改換了語境，使原本輕慢的失語化作了尊敬的稱呼，頗有些點石成金之妙。

來的主要是反對者

我們前面提過，領導者的演講在很多時候屬於說服性質的。因此，在進行說服性質演講時，本身也就做好了應對反對者的心理準備以及言辭準備。但來的聽眾大都屬於反對者，這種情況還是很少見的，也是非常棘手的一件事。

以一敵百，在氣勢上你就處於劣勢。在這種情況下，為了達到說服聽眾的目的，你不妨先有意識地退一步，肯定聽眾的觀點有其合理性，然後在獲得聽眾信任的基礎上再尋找機會，透過擺事實、講道理等方法巧妙地提出你的觀點，變退為進，化守為攻，從而最終有力地說服聽眾。在《凱薩大帝》（*The Tragedy of Julius Caesar*）一劇中，戲劇大師莎士比亞為我們描述了一個極好的例子。

西元前 44 年，羅馬統帥尤利烏斯·凱薩（Gaius Iulius Caesar）在元老院被羅馬元老貴族刺殺，為首的是深受他信任的尤利烏斯·布魯圖斯（Marcus Junius Brutus Caepio）。身為主謀，布魯圖斯做了惡人還先告狀。他跑到街上公共講壇上，大談殺死凱撒的必要性，極力為自己開脫罪責；同

時，又信誓旦旦地把自己裝扮成正人君子的模樣。聽了布魯圖斯的演講，群情沸騰了，他們認為殺死凱薩是件大快人心的事，布魯圖斯為民除害是英雄。請看此時馬克・安東尼（Marcus Antonius）是怎樣說服聽眾讓聽眾接受他的觀點的。

面對布魯圖斯蠱惑人心的演說，面對群情激奮、不明真相的市民，安東尼心裡清楚，在此時此地，他既不能馬上歌頌凱薩又不能一上講壇就立即攻擊布魯圖斯。於是，他開場便說：「我是來埋葬凱薩，不是來讚美他。」接著，他又開始讚揚對手布魯圖斯，稱他為「尊貴的布魯圖斯」、「正人君子」。這樣的話無疑適合當時的氣氛，不會引起聽眾的反感而遭到他們的反對。然後，他把握機會，有計畫、有步驟地把市民的心向自己的一邊引導。他說：

現在我得到布魯圖斯和另外幾位的允許 —— 因為布魯圖斯是正人君子，他們也都是正人君子 —— 特地到這裡來，在凱薩的喪禮中說幾句話。他是我的朋友，他對我是那麼忠誠公正；然而布魯圖斯卻說他是有野心的，而布魯圖斯是一個正人君子。他曾經帶許多俘虜回到羅馬來，他們的贖金都充實了公家的財庫，這可以說是野心者的行徑嗎？窮苦的人哀哭的時候，凱薩曾經為他們流淚，野心者是不應該這樣仁慈的，然而布魯圖斯卻說他是有野心的，而布魯圖斯卻是一個正人君子。你們大家看見在盧柏克節的那天，我三次獻給他

第十章　機智應對不利局面

一頂王冠，他三次都拒絕了，這難道是有野心嗎？然而布魯圖斯卻說他是有野心的，而布魯圖斯的的確確是一個正人君子……

安東尼以退為進，先守後攻。他擺出一個個的事實，來謳歌凱薩的豐功偉業，一層一層地剝去布魯圖斯身上的畫皮，在場的市民開始為安東尼的話打動，覺得他說得有道理，認為凱薩死得冤枉。這時，安東尼把握時機地改變自己的被動地位，他拿出一張羊皮紙，那是凱薩的遺囑。在宣讀遺囑前，他走下講壇，叫在場的市民圍繞在凱薩的屍體四周。他揭起凱薩屍體上的外套，把劍刺的洞孔指給大家看，他指到布魯圖斯刺的傷口說：

好一個心愛的布魯圖斯，凱薩的安琪兒！啊，這是最無情的一擊！這是刺穿心臟的一劍！挨了這一劍，偉大的凱薩就蒙著臉倒下了！……殘酷的叛徒卻在我們頭上耀武揚威……

安東尼的話音剛落，講壇四周呼聲四起，「燒掉布魯圖斯的房子！」「打倒陰謀者！」於是，安東尼宣讀了凱薩的遺囑，發起了對布魯圖斯發出最後的一擊。在凱薩的遺囑中，凱薩給每一個羅馬市民 75 德拉馬克。而且，他還把臺伯河這一邊他的花圃和果園贈與市民，永遠成為他們世襲的產業，供他們自由散步和游泳之用。

「這樣一個凱薩，幾時才會有第二個同樣的人？」安東尼

大聲地質問。

市民們再也控制不住自己對凱薩之死的悲痛。他們在市場上奔跑，抓起凳子、桌子，堆成了一座火葬柴堆。他們把凱薩的屍體放在上面，在柴堆上點著了火。當柴堆燒旺時，他們抽出燃燒著的木頭，向陰謀者的房子衝去。這時，布魯圖斯等陰謀者在得知警告後已早就倉皇逃出城外。

安東尼的演說徹底征服了與他意見相左的聽眾。他的成功，與他演講時運用了先退後進、變守為攻的技巧是分不開的。領導者在演講中，若是遇到來者不善，千萬注意不要一上場就發起進攻，一上場就分出「敵我」，會導致「敵人」懷著懷疑、戒備與排斥心理聽你的演講──因為你是他們的「敵人」。你只有先遷就他們，讓他們放鬆警惕，認同你，才能夠聽進去你的話。這時，你再發起進攻方才有效。

敵意的挑釁與刁難

英國首相威爾遜在一次群眾大會上演講時，反對者在下面放肆鼓噪，其中一人高聲大罵：「狗屎、垃圾！」面對聽眾可能產生的誤解和騷動，威爾遜首相沉穩地報以寬厚的微笑，非常嚴肅地舉起雙手表示贊同，說：「這位先生說得好，我們一會兒就要討論你特別感興趣的髒亂問題了。」搗亂分子頓時啞口無言，聽眾則抱以熱烈的掌聲。

第十章　機智應對不利局面

　　一般來說，在臺上演講，大多數時候不會遇到抱有敵意的刁難。但這也並不意味著沒有，也許在你自己的「一畝三分地」裡沒有，你外出演講就難保不會有。面對聽眾或辯論對手敵意的挑釁或刁難，你可以運用以下技巧來化解。

■　針鋒相對

　　當達爾文的進化論學說傳播開來時，英國教會曾召開過一次演講會。會上，一位大主教突然對阿道斯‧赫胥黎（Aldous Huxley）教授進行人身攻擊，他說：「赫胥黎教授就坐在我旁邊，他是想等我一坐下來就把我撕成碎片的。因為照他的信仰，他本來是猴子變的嘛！不過，我倒要問問，這個猴子子孫的資格，到底是從祖父那裡得來的呢，還是從祖母那裡得來的呢？」赫胥黎針鋒相對地回答：「我斷言——我重複斷言：要說我是起源於彎著腰走路和智力不發達的可憐的動物，我並不覺得羞恥；相反，要說我起源於那些自稱有才華，社會地位很高，卻胡亂干涉自己所茫然無知的事物，任意抹殺真理的人，那才真正可恥！」雄辯的哲理使大主教瞪著大眼，無言以對。

■　幽默風趣

　　威廉在市長競選中落敗。在新市長舉行的履任宴會上，新市長正發表著熱情洋溢的感謝詞。突然，威廉對臺上的市

長發難：「先生，你剛才笑得那麼得意，是不是因為當了市長？」

　　這位市長笑呵呵地回答說：「是的，我非常得意於自己終於當上了市長，因為只有這樣我才可以實現年輕的夢想，和市長夫人同床共枕。」

　　這個市長面對威廉刻薄的刁難，勃然大怒沒風度，仔細解釋沒必要，置之不理沒勇氣。除了用幽默將這千斤的力巧妙地卸掉，似乎找不到更好的方式了。於是他獲得了一片笑聲，連發難的人也忍不住笑了。

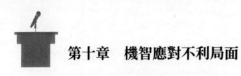

第十章　機智應對不利局面

第十一章
怎樣的結束語才配如雷的掌聲

第十一章　怎樣的結束語才配如雷的掌聲

還記得我們將演講比作飛行的例子嗎？

現在，你帶領你的乘客就要降落機場了。飛機最容易發生事故的時候是起飛和降落，前面我們已經說過了如何起飛（開場白），現在要談降落了（結束語）。你的乘客，也就是你的聽眾們，不希望你總是在旅途，也不希望你的降落太突然，或者有顛簸。至於降落在錯誤的地點，則更是一場不亞於機毀人亡的悲劇。

行百步者半九十。一些演講者對於結束語不太重視，往往是闡述完最後一個觀點後，說：「這就是我所要講的全部內容」，或「我要說的就這些，謝謝大家」。這樣做是不夠的。你的演講已經走了九十九步了，結束語這一步要是走好，一場一百分的演講才真正大功告成！

對於結束語的基本要求

凡事有始有終，結束語是演講的重要組成部分，也是你征服聽眾的最後一個機會。精彩的結束語猶如與人話別，能促人深思，耐人尋味，給聽眾留下難以忘懷的印象。因此，在演講的結尾要努力調動一切積極因素，或把聽眾的情緒推倒最高的浪峰上，使聽眾情緒激昂、振奮起來；或讓聽眾在頭腦中出現一個更為強烈的興奮點，給聽眾以希望和信心；或使演講者的意境和聽眾的感情得到昇華，形成強烈的說服

力，給聽眾以啟迪。

結束語是演講內容的自然收束。言簡意賅、餘音繞梁的結尾能夠使聽眾精神振奮，並促使聽眾不斷地思考和回味；而鬆散疲沓、枯燥無味的結尾則只能使聽眾感到厭倦，並隨著時過境遷而被遺忘。怎樣才能給聽眾留下深刻的印象呢？美國作家約翰·沃爾夫說：「演講最好在聽眾興趣到高潮時果斷收束，未盡時戛然而止。」

此外，不少演講都對演講者的時間作了安排，因此，你一定要在規定的時間裡結束演講。不要超時，這是演講的基本要求。如果你能夠略微提早一點時間結束演講，則是錦上添花。

柯林頓在 1988 年美國民主黨會議上的就職演說，超時了 32 分鐘，至今還被留為笑談。當然，他知恥後勇，在後來的演講中很少再超時，也沒有再打破過自己的超時紀錄了。

演講超時所帶來的負面效應很多，首先，沒有守時會降低了你個人的可信度。其次，你在規定的時間裡沒有完成演講，聽眾對你的能力會產生質疑。再者，打亂他人的時間安排：下面還有人演講，即使沒有人演講，聽眾也有自己的時間安排。

演講的結尾不要倉促，說著說著，一看時間到了，就急急地終止演講：「哎呀，時間到了！今天我們就說到這裡

吧！」雖然守時了，但如同一個沒有尾巴的老虎一樣讓人覺得可笑。虎頭、豬肚、豹尾──這是寫文章的要求，也是演講的要求。

結尾倉促的原因除了時間原因外，有的結尾之所以讓人聽了覺得倉促，是因為來得太突兀，其原因是缺少必要的過渡與暗示。這要求你在起承轉合做到圓滑，最好還能在快要結束時發出預報，如：「現在我要講最後一點」，或「在結束之前我再舉一個例子」。這就讓聽眾心裡有了準備，不會覺得你的結尾倉促與突兀。

俗話說「編筐編簍，難在收口」。古人說：「好的結尾，有如嘴嚼乾果，品嘗香茗，令人回昧無窮。」如果用「良好的開頭是成功的一半」來說明開場白的重要性，那麼結尾的重要性可用「行百步者半九十」來形容。也有人用「豹尾」之結實來比喻，既精彩有力，含蓄深沉，又耐人尋味。演講的結尾確實重要，它關乎整個演講的成功與失敗，也關乎聽眾對演講者的看法。

幾種常見的結束語

有人說，演講就像戀愛一樣，相愛總是簡單分手很難。如何圓滿地和觀眾道別，需要一定的技巧。在這一節，我們將介紹幾種常見的、有效的演講結束方式。

■ 引用名言

這是一種簡單而又有效的結尾。名言警句非常多,要找出一句符合你主題的很容易。恰到好處地引用名言、警句作為演講的結束語,可為演講的主題思想提供一個有力的證明,使聽眾在連繫和印證中得到更深的啟發,還能增添演講的文學色彩。

在一次募捐演講中,有人在結尾時引用了盧梭的名言「行善是人類之心所領略到的最真實的幸福」,雖然只有短短的一句話,但把行善對人的重要性說得十分透徹,勝過大量言語的闡釋。這一結尾激發起了大家行善之心,在場聽眾紛紛獻愛心為慈善事業捐款。

■ 呼籲號召

在結尾時如果能以充滿熱情、熱情奔放、扣人心弦的語言來表達自己的思想主張,贏得聽眾感情上的共鳴,對聽眾的理智和感情進行呼喚,提出任務,指明前途,表達希望,發出號召,鼓舞聽眾,振奮精神,付諸行動,那麼演講就能取得非同凡響的效果。

邱吉爾在 1940 年 5 月奉命組閣,他發表了〈熱血、汗水和眼淚〉的演講。其時正是二戰打得難分難解的艱難時期,他演講的結尾是這樣的:「在此時此刻的危急關頭,我覺得我有權要求各方面的支持。我要說:『來吧,讓我們群策群

力，並肩前進！』」

　　邱吉爾的在演講結束時，向聽眾表達了自己熱切的希望，號召大家與自己一起，為英國而努力。

■ 巧設提問

　　在演講結尾時，演講者向聽眾提出與主題有關的問題，甚至是一系列的問題，讓聽眾進行思考。這樣的結尾方式優點在於能更好地讓觀眾參與到演講中來，而且讓人深入思考，做到餘味悠長。這種方法可以使聽眾們自己思考答案，你可以將其與其他方法配合使用在結尾中。在一個關於安全問題的講話中，某講者以這樣一個提問結束了演講：「你想成為下一個數字嗎？」演講結束時的問題，一般都有非常明確的答案，所以你的聽眾會很清楚該做什麼和怎樣做。

■ 誠摯讚頌

　　俗話說：「良言一句三冬暖。」在演講結尾進行誠摯的讚頌，無形之中就充滿了情感和力量，極容易撥響聽眾的感情之弦，引起聽眾嚮往、和諧、共鳴。

高明的結尾是如何做的

　　舊式小說或戲文，大都是千篇一律的，最後總是一個大團圓。這樣的結尾，讓讀者或觀眾沒有半點回味的空間與餘

地。林語堂認為：這種一覽無餘的結尾，不是好的結束。他認為《水滸傳》是一個非常出眾的好結尾。《水滸傳》的梁山好漢排完座次之後，梁山第二交椅的玉麒麟盧俊義，當天晚上做了一個夢，夢見一個很高大的巨人——魏晉時期嵇康，把梁山好漢 100 多人像抓小雞一樣都抓起來，拿繩子一捆都給殺了。伴隨 108 顆人頭的落地，盧俊義嚇醒了。醒了之後，看見月光從窗櫺中間照了進來，正好照在他臥室前面的一個匾額上，匾額上書四個大字叫「青天白日」。這樣的結尾，的確留個讀者無限想像與回味的空間，極大地增強了藝術的感染力。

林語堂在《怎樣說話與演講》一書中，提倡演講的結束語，也應該學習《水滸傳》餘味悠長的作法，要做到「清音有餘」。如何做到「清音有餘」呢？

■ 呼應開頭

在你的演講結尾時，緊密連繫你的開場白中的內容，這可以讓你的演講聽上去渾然一體。最適合用這個方法的是：你在開場白中提出了問題，或者你的開場白是一則小故事。一個教育系統的官員，在對新聘教師的演講中，以一個自己小時候在學校的經歷作為開場白，他是這樣說的：

我在當教育局局長前，也做過 10 多年的教師。而在我做教師前，也曾是一個學生。在我讀國三前，成績一直不

好，調皮而又搗蛋，經常是老師體罰與責罵的對象。可以說，我在老師們的負面評價中已經習慣了，我覺得我就是一個無可救藥的「壞學生」。但我在上國三時，新的班導很少責罵我了，他總是努力挖掘我好的一面，表揚我，誇讚我。即使是偶爾的責罵，也是先表揚再說「要是你能如何如何就更好了」。在那一年裡，我驚奇地發現自己原來有那麼多的優點。我決定做得更好，而在我努力的過程中，我贏得了班導更多的正面評價與鼓勵。在這種良性循環中，我的不良行為舉止得到了糾正，並出人意料地考上了市立高中。三年之後，我又考上了國立大學。

在結尾時，他又提到了開頭的故事，並把它與自己講的主題 ——「關愛與悅納每一個學生」連繫起來：

在座的每一個即將走上任位老師，都會碰上 30 年前的我這樣的所謂後段生，我希望你們不放棄、不拋棄他們，我希望你們能用發自內心的歡喜去接納他們，用積極正面的誇讚去引導而不是用無休止的批評去打擊他們。我希望那些所謂的後段生，都能像我當年遇到的那位班導一樣，在老師的幫助下重建自信，邁向人生的高峰！

這樣首尾呼應的結束語，渾然天成，無可挑剔，讓人不覺陷入沉思。

■ 含蓄幽默

「餘音繞梁，三日不絕」是演講結尾追求的最佳效果。在多種多樣的演講結束語中，幽默式可算其中極有情趣的一種。一個演講者能在結束時贏得笑聲，不僅是自己演講技巧十分成熟的表現，更能給本人和聽眾雙方都留下愉快美好的回憶，也代表著演講圓滿結束。著名作家在某市的一次演講中，開頭即說「我今天給大家談六個問題」，接著，他第一、第二、第三、第四、第五，井井有條地談下去。談完第五個問題，他發現離散會的時間差不多了，於是他提高嗓門，一本正經地說：「第六，散會。」聽眾起初一愣，不久就歡快地鼓起掌來。該作家的演講按照常規思路，卻又反彈琵琶，出乎意料，讓人感到十分輕鬆、幽默而難以忘懷。

■ 展望未來

你可能希望以一種對未來的期望和對美好事物的憧憬來結束你的講話，那麼你就將聽眾的思想也帶入到未來。如果你的講話一直集中在某些不公平或災難性事件上，那麼就換個積極的話題結束你的講話吧。

■ 發出呼籲

二戰初期，法國的淪陷，法國民眾在德國法西斯的鐵蹄下慘遭蹂躪，戴高樂准將被迫逃亡到英國倫敦。在倫敦，他

透過廣播發表了一篇偉大的講話 ──〈誰說敗局已定〉，其結尾是這樣的：「我，戴高樂將軍，現在倫敦向法國的官兵發出請求，不管你們現在還是將來踏上英國的領土，不管是否持有武器，都請跟我連繫，我請求具有製造武器技能的工程師和技術工人，不管你們現在還是將來踏上英國的領土，都和我連繫。不管風雲如何變幻，法蘭西的抗戰烽火都不會被撲滅，法蘭西的抗戰烽火也絕不可能被撲滅！」

戴高樂將軍在演講的結尾，既吹響了集結號，又擂響了戰鼓，指明聽眾行動的方向和方式，鼓動起聽眾行動的勇氣和力量。

蹩腳的結束語是什麼樣子

演講的結尾，也和開頭一樣重要的。在戲院中有一句老話，說是「從你的上場和下場的神氣上，就可以知道你的本領了。」這句話雖然是對演員說的，但把它搬到演講者的身上，倒也十分貼切。

在這一節，我們將展示幾種常見的蹩腳結束語。

■ 突然停電

彷彿一幫人在觀看電影，電力突然中斷，不曾使觀眾盡興。這突然的結束，其實並不是結束，而是中止，等於電影放到中途而電力中斷，我們絕不能說電影是放完了。這種的

結束，極不自然，好像你在朋友家裡，不曾說一句告別話，就突然地離開了。我們覺得電影看到中途是不能盡興，在朋友家中不說一句告別話而突然離開了是沒有禮貌，那我們的演講，為什麼不叫聽眾盡興？為什麼不叫聽眾不會感覺到我們沒有禮貌呢？

■ 沒完沒了

有些演講者口才很好，似乎能夠不斷講下去，他們有能力，可就是看不見他們的聽眾送來的強烈訊號 —— 有的已經離去了，有的人恨不得自己也破窗而去。如同訓練有素的催眠師，這種演講很快讓聽眾進入半昏睡狀態，卻不幸地沒有將他們喚醒的能力。有時他們讓聽眾隱隱約約以為他們該說「最後一點」的話了，但是，天哪，這種希望到頭來只是虛假的黎明，演講者又接著講了下去。

不妨給你的演講準備一個時間框架。如果你開講時間晚了，無法按照原有的框架進行，那麼不妨安排一個新的結束時間。

■ 不懂放手

這類演講者並非不想結束演講，而是不知道怎樣去結束才好，於是把一句話翻來覆去地說了好幾遍，說得聽眾討厭起來，給聽眾留下了一個很不好的印象。這位演講者像是捉

牛握住了兩隻牛角，心想放手卻辦不到，於是不得不握住牛角來兜圈子了。兜來兜去，你是不會離開原地一步。你早早地把結尾預備好，這正像捉牛而拉住了牛尾，你要放手，立刻就可以放手的。

■ 過於謙虛

「耽誤大家的時間啦。」

「我講的不一定對，希望大家多多指教！」

「如果我在演講中有什麼冒犯各位的地方，請大家多多包涵！」

—— 諸如此類的話來做結束語，簡直就是自搧耳光。如果你自己都把自己的演講當成「耽誤大家時間」，認為自己「講的不一定對」，或有「冒犯各位的地方」，你為什麼不努力不耽誤、少耽誤大家時間？為什麼不選自己有把握的、「對的」來說？為什麼不能不去冒犯大家？—— 你是不屑於去做還是沒有？

常言道：過度的謙虛等於驕傲。在演講結束時，你過度的謙虛會招來誤會或輕蔑：哦，他原來在說一些連自己都沒把握的話，看來他的演講不可信。

這樣的結果，是你所想要的嗎？

■ 虎頭蛇尾

先是慷慨激昂，慢慢地有氣無力，最後，如同一支空氣阻力下終於跌落的這種虎頭蛇尾的演講，如強弩之末一樣沒有任何穿透力。

經聽到過一個演講，主題是「21世紀青年的擔當」。開始時大開大合，有一種宏大敘事的大氣。接著談古今的歷史、國際形勢。結尾時，卻冒出：「在這個大好的時代，我們有什麼理由荒廢時日，不上進、不奮進呢？」

這樣的結束語，空洞而又小氣，使前面所有語言的力道盡失──箭，終於跌落在地！

■ 偏離風格

就像一個人的穿著一樣，你戴著禮帽，穿著西裝，腳上卻穿著一雙布鞋，這個樣子讓人看了非常不協調。演講也是如此，你原先的演講風格如何，你的結束語也應該基本按照這個基調。你一本正經地作新產品推介報告，到結尾時突然如詩人一般的感性，用高舉食指說相信未來作為結束語，這種格格不入讓人聽了有一種說不出的不舒服。

第十一章　怎樣的結束語才配如雷的掌聲

第十二章
在問答中與聽眾共跳一曲

第十二章　在問答中與聽眾共跳一曲

　　據說愛因斯坦提出相對論後，世界各大學府都邀請他去作關於廣義相對論的演講。一次，他應邀到很遠的一個大學演講，在前去的車上，司機對他說：「我跟隨您到處演講，聽了無數遍相對論，現在我都能上臺演講了。」愛因斯坦笑著說：「那麼，你來幫我作這次演講好了，反正這裡沒有人認識我。」結果，到了目的地後，司機就被介紹成愛因斯坦，並作了演講。

　　司機的演講很出色，沒有任何人看出什麼破綻。只是，演講臨近尾聲時，有聽眾問了一個很複雜的關於相對論與量子力學之間的問題。司機當然不會回答，不過他很機靈，他這樣回答的：「這個問題太簡單了，我相信我的司機都能回答，現在就讓他來回答吧。」於是，「司機」愛因斯坦從聽眾席中走上臺，將問題圓滿地做了回答。

　　—— 這可能是一個改寫的幽默笑話。不過，透過這個幽默笑話，我們可以看出演講並不簡單。即使你有很完美的演講稿，也不一定能做出出色的演講 —— 如果你不能很好地回答聽眾棘手的問題的話。

　　不幸的是，不是每一個人都有愛因斯坦式的「司機」。在演講臺上，你得靠自己來面對。實際上，演講者與聽眾在一問一答中，如同共跳一支社交舞。這支舞跳得好不好，主要靠演講者如何帶氣氛。

答疑的幾項注意

　　問題回答得是否精彩，對於演講的作用非常重要。一場平淡的演講，如果聽眾答疑做得好，完全可以讓整個演講給人留下很好的印象。反之，即使你之前的演講很出色，但你在答疑階段表現不佳。也可以將整場演講的良好印象破壞掉。

　　講者在演講答疑時，要注意以下幾點。

■ 說明提問的時間

　　你如果不習慣在演講過程中被提問與答疑打斷思路，你可以在演講開始不久告訴聽眾：「在我的演講結束後，我將很高興接受大家的提問。」或者，在演講過程中，當有人第一次提出問題時，你可以藉機表達自己希望在演講完畢後再進行問答時間。

■ 專心地聽問題

　　專心地聽，除了能保證你聽得清楚外，還意味著你對聽眾的尊重。這是一種溝通交流的禮儀。當聽眾提問時候，要看著他的眼睛，不要四處張望或盯著其他地方。如果他提問時因為緊張或準備不足而「卡彈」，你要用鼓勵的眼神注視他，鼓勵他繼續說。如果他還是結結巴巴不知所云，你應該主動給予提示，幫助他表達出自己的問題。如：「您的意思是不是……」

第十二章　在問答中與聽眾共跳一曲

■ 確保所有聽眾都聽到了問題

　　很多演講者忽略了這一點。由於提問者的聲音太小或表達方式欠佳，演講者本人是清楚了問題，但其他聽眾卻不一定聽清楚了。結果，你有的放矢地回答問題，其他聽眾聽了卻有無的放矢的感覺，整個迷惑不解。記住，你回答問題看似針對的是個人，其實，個人的問題代表的是全體聽眾。因此，演講高手在聽到聽眾提問時，會用重複問題的方式來告知全體聽眾。如：「要如何才能確保資金用於科學研究而不被挪用呢？對於這個問題，我認為……」

■ 對全體聽眾回答問題

　　有人向你提問的時候，你應該看著提問人。但回答問題時，你應該對著全體聽眾。有時候可以跟提問的人對一下眼光，但主要還是要對著作為聽眾的全體參與者。這會引起所有聽眾的注意。如果你只對著提問人回答問題，你會發現聽眾大部分都分心了。

■ 誠實和直接

　　有些演講人害怕提問和回答問題，因為他們擔心會碰到自己難以回答的問題。如果你不能夠回答每一種可能的問題，世界並不會結束。如果你不知道答案，那就誠實地說出來。不要道歉，不要逃避，最重要的是，千萬不要糊弄。但

是，應該讓提問的人明白，你是任看待他（她）的問題。演講結束之後，應該主動盡快找到答案。如果手邊有了解此問題的答案的人，應該問問他們是否知道答案。

■ 盡量照顧大多數

不要讓一部分人占據了所有的提問時間（除非只有他們提出問題）。為什麼呢？這會讓其他想問你問題的人感到灰心。他們舉起了手，等著叫到他們提問，但是他們卻永遠等不到。最後，他們只有放棄。一張不停提問的大嘴占據了你所有的注意力。

如果時間允許，你要盡量回答不同聽眾的提問，並且要公平。不要偏愛某一部分的聽眾，盡量按照聽眾們舉手的順序叫他們提問。（是的，雖然這樣做很難，但是不管怎樣要盡量做到。）不要對那些不等叫到他們就搶著喊出問題的人屈服，對插隊的人也要如此對待，否則，對那些耐心地等待你叫到他們的人來說，是絕對不公平的。

事先建立一個提問規則。當你開始回答提問的時候，告訴聽眾們，每個人一次只允許提一個問題。如果時間允許的話，你可以回答他們第二輪提問。

如何回答難題

　　一般性的問題好回答，真正考驗演講者的是一些刁鑽怪異的難題。如果你不能有效解決難題，你的演講本身就會成為一個「難題」。我們在此將告訴你如何解決那些看似很難的問題。

■ 設定條件

　　對方提問的內容，有時可能很模糊，有時很荒誕，甚至很愚蠢，以致使人很難回答。這時，我們在分析清楚的前提下，可以用設定條件的方法。據說有這樣一個故事。有一天，國王指著一條河問阿凡提：「阿凡提，這條河的水有多少桶？」阿凡提答：「如果桶有河那麼大，那只有一桶水；如果這個桶有河的一半大，那麼就有兩桶水……」阿凡提回答十分巧妙。因為這個問題很怪，國王故意想難倒阿凡提，他無法直接回答。只能先設一個條件，後說結果。條件不同，結果也就不一樣了。還有一個例子。

　　問：「今天有一隻黑貓跟著我，這是不是凶兆？」

　　答：「那要看你是人還是鼠。」

　　前者的問話很無知，回答時無法給他詳細的解釋。設定一個條件，其結果不言而喻，而且極幽默地諷刺了問話者的愚昧。

■ 反轉問題

一些聽眾會問你一些令你尷尬的問題。不要出汗,把問題反過來看。例如:一個提問者做出一個很不耐煩的表情,然後問:「我們的薪資為什麼那麼低?」不要採取防守措施,只要回答說:「你希望薪資是多少呢?」這叫做智力柔道,你用問題的自身重量來反擊提問者。

■ 巧借前提

巧妙地利用對方的問話,在回答時也能獲得良好效果。其中仿照和借用問話中的情態和詞語,演變出一種出人意料的應答,是應付問話的一種較為理想的方法。例如:1972 年 5 月,在維也納一次記者招待會上,《紐約時報》記者馬克斯‧弗克蘭爾向季辛吉提出美蘇會談的程序問題:「屆時,你是打算點點滴滴地宣布呢?還是來個傾盆大雨,成批地做協定呢?」季辛吉停了一會兒,一字一板地答道:「我們打算點點滴滴地發表成批聲明。」會場頓時哄堂大笑。季辛吉巧妙地利用對方的問話,仿照問話的詞句和情態,用幽默風趣的話語與記者周旋。這種方法,很值得借鑑。

■ 建立過渡橋梁

一個政治家是這樣回答問題的:「藍斯頓議員,你打算提議反對加稅嗎?」「好的,這位先生,你想要知道我是否要

提議反對加稅。你真正的問題是：我們是怎樣為更多的美國人民口袋裡面贏得更多的錢？讓我告訴你我對於復甦經濟的12 步計畫……」

議員建立了過渡橋梁。他用一句從他想要避免的問題過渡到他想要闡述的論題。在這個例子裡，橋梁是，「你真正問的是……」這一類過渡有很多：

「這更像是討論……」

「真正的問題是……」

「問題的本質是……」

「你應該問的是……」

「如果你看一下這張圖片，你的問題將變成……」

運用過渡橋梁所要注意的是：用它繞開你不喜歡的問題，但不要完全地迴避它。在你迴避問題的時候你會失去信賴，你至少要做出想要回答問題的表情。

■ 否定不存在的問題

假如太陽從西邊出來怎麼辦？假如豬長了翅膀如何圈養？這些假設性的問題完全沒有實際意義。你沒有必要陷入這些假設問題的困境中去，還有更多實際的事情需要你考慮與擔心。當然，我們舉的例子有些極端，這是為了更加清楚地說明問題。在你的演講中，不會有這樣極端的問題，但類似於這種問題的問題還是有的，如：「假如開發的產品不合格

怎麼辦？假如市場發生劇變怎麼辦？」對這些問題，你一句話就給予否定：「我認為這種情況不會發生，如果大家沒有意見的話，我們跳過這個問題。」然後把提問的機會交給下一個。

答問的猜與不猜

　　演講時有聽眾提問，並不是一件什麼壞事。相反，有人提問是好事，至少表明他對你的演講有興趣。此外，也在一定程度上幫你完善了演講的遺漏點，增強了的演講的說服力。

　　就像迎接考試一樣，最好的成績除了基本功扎實外，若是善於「猜題」，一定能得高分。在演講前，若有足夠時間，完全有必要在「猜題」上下點工夫。如果你是進行學術或技術性的演講，一些聽眾可能會問到的重要的數據，你一定要預先準備好以便迎接「考試」。而對於說服性的演講，聽眾質疑與反對你的觀點是難以避免的，想一想，他們會如何質疑與反對你，你又將採取什麼說辭來回應與說服他們。

　　身為演講者，你在準備演講詞時，先預測到聽眾有可能會有哪些問題提出來，並做好你的答案。你可以熟記答案，也可以寫在演講稿的最後，或寫在一張紙片上。

　　你要猜聽眾可能問的問題，但永遠也不要去猜答案。知

之為知之，不知為不知。如果你不知道問題的答案，千萬不要去猜。這是通往信譽破產的單程票。也許你猜對了，但機率實在太小。而一旦你猜錯了，當場就會受到聽眾猛烈的質疑與反對。就算你運氣好，一時矇混過關，但日後聽眾們總會知道你在唬弄與欺騙他們的。也許有人會以為，如果自己老老實實地用「對於這個問題的解決，我猜測應該可以……」之類的句型來作答，就可以免除猜測錯誤的責任。但你要注意：一個用「猜測」來作答的人，不管猜對還是猜錯，贏得的都是聽眾的不信任。

那麼，在面對自己無法回答的問題時，該如何回應呢？啞口無言顯然不行，你可以試試下面的三個方法。

❖ 請求聽眾幫助。如：「這位先生的問題很有意思，現場聽眾有誰知道答案嗎？」有的話就好辦了，萬一沒有，可以用下一招。

❖ 坦白承認自己也不知道。只是你在坦白承認自己「不知」時，一定要記得告訴提問的人：如果以後自己知道了答案，再轉告他。例如：「這個問題我目前也不能做出一個全面的解答，您不妨留下您的聯絡方式，等我找到答案後再告訴您。」這樣做並不失面子。順便說一句，你並不一定要先請求聽眾幫忙再走這一步，你完全可以在聽到自己無法回答的問題後，直接走這一步。

❖ 告訴聽眾一個找到答案的方法。例如：「具體的詳細數據在我們公司的網站上可以查到⋯⋯」。或者，告訴他在某個工具書或其他地方可以找到答案。

▌怎樣對待提問的人

提問者可能會是粗魯的、討厭的、個人主義的、愚蠢的、遲鈍的、有敵意的、令人疑惑的、沒有教養的或是令人費解的，但是你還是要耐心地對待他們。為什麼？因為他們是聽眾中的一員，聽眾認為他和他們是一體的 —— 至少在最初是這樣的。用下面這些建議去對待那些對你提問的人：

❖ **要幫助那些緊張的提問者**：有些提問的聽眾也會感到怯場。所以有些聽眾感到說出他們的問題很困難，這很常見。他們提問時結結巴巴、不知所云，這會讓其他聽眾感到極不舒服，所以要幫助這樣的提問者。如果可能的話，幫助他們結束發問。比如給他一些溫和的鼓勵，或幫助他們整理思路。他們會很感激，其他人也會很感激。

❖ **記住提問者的名字**：如果你知道提問人的名字，那麼就要用。這對聽眾很有效。這讓你顯得更加有親和力並且能控制局面，而且被你說出名字的那些人會很高興，因為你能記住他們。

- ❖ **適時誇獎提問者**：如果問題十分有趣或者明智，記住誇獎一下提問者。但是必須要說得明確並且講出道理。一些交流專家建議，永遠不要說「好問題」，因為這暗示著其他問題都不是好問題。如果你擔心的話，可以這樣說：「這是一個特別有意思的問題，因為……」這樣說暗示了其他問題也是有意思的——一個誇獎，這也避免了對所有的評價都用一個「好」字。

- ❖ **不要讓提問者感覺到尷尬或愚蠢**：不管提問多麼愚蠢，都要尊重提問者。如果你批評問題太愚蠢的話，聽眾會覺得你很壞，而且會引起其他提問者的共鳴，其他有問題的人也不敢提問了。

- ❖ **不要攻擊提問者**：不管問題或是提問者多麼冒犯你，你都要冷靜並且控制自己的情緒，用外交手段來對付這樣的麻煩。如果提問者是瘋子的話，聽眾會看出來的。不要透過採取攻擊辦法讓自己也變成一個瘋子。有些提問者是故意想激怒你，千萬不要上當。

警惕三種提問者

有三種聽眾提問你要警惕。

第一種是想藉機表現自己的人。這個人也許同意、也許不同意你的觀點，或者他有一個更想討論的問題，這個問題

與你的演講內容只是稍微有點關聯。很顯然，他沒有真正想要問你的問題，而只是想趁此機會在大家面前表現一番。這時問他「你有什麼問題？」往往並不見效。這個人會回答「你難道不認為……」或者「您認為這種看法如何……」。碰上這類有表現欲的聽眾，你要果斷而適時地插話以結束他的「演講」。你可以為他的意見做一個沒有多大實質意義的總結，如：「謝謝你告訴大家你的見解」，然後將眼神轉到其他聽眾，以切斷他滔滔不絕的可能性。或者中途打斷，要求他直接提出要問的問題，抓回主導權。

第二種是希望與你長談的人。這種人開始也許確實有問題要問，但是你做出回答後他不願意罷手。相反，他又提出下一個問題，希望得到你的答覆，或者提出新的討論話題。他希望和你長談，就像你們兩人都是雞尾酒會上的嘉賓，而不是正式場合的演講者和聽眾。對待這種情況的最好辦法是果斷地結束談話，但是對他或她表示稱讚或發出邀請。比如：「謝謝你，你給了我很多有意思的啟發。也許散會後你可以抽時間找我，我們再談一談。」

第三種是想尋釁滋事的人。聽眾願意聽到一些理智的異議、探究或者是質疑，但是他們有時也會歡迎有人提出敵意的問題。有時候發問者會變得咄咄逼人以至於氣勢洶洶，對演講者進行個人攻擊。顯然他們不是為了尋找問題的答案，

而是企圖破壞你的可信度。對此不要勃然大怒，如果就別人的羞辱為自己辯護，這樣會正中他們的下懷。挑出這個人惡言相向的核心內容，解釋清楚問題的實質，鎮定而理智地回答這個問題。

問題：「你們為什麼要把有毒的廢水排向我們的河流？」

回答：「這位先生對環保問題的擔心是有道理的，對於廢水的排放，我們採取了嚴格的措施⋯⋯」

簡而言之，要像外交官那樣氣度沉穩地對待這些破壞會場秩序的人。記住，與起鬨者不同，他們是受邀前來聽你的演講的。不要出言不遜或者直接嘲諷，請他們住嘴。同樣，如果不明就裡的問題讓你大為驚訝，或者提出的是一些無知或誤解的問題，你應該耐心作答。不要給發問者難堪或者直接指出他們的錯誤。

不要這樣說：「我已經在演講中指出⋯⋯」

而要這樣說：「讓我們再慢慢地把這些統計資料複習一遍⋯⋯」

盡量讓差勁的問題顯得得體，把它們轉化成好問題。聽眾的同情心在提問者一方，他可能太緊張或沒有聽明白。你盡量消除提問者緊張情緒的做法會贏得聽眾的好感。

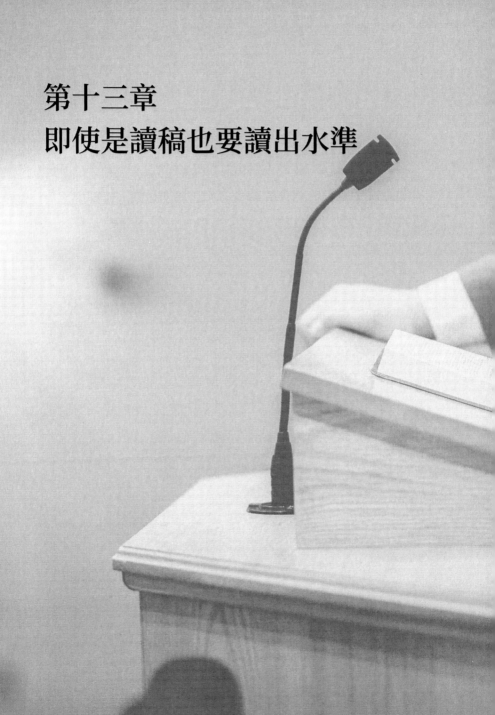

第十三章
即使是讀稿也要讀出水準

演講雖然也是以「講」為主，但絕對不是那種「讀稿機」式的講。演講的「講」還要展現「演」。它不僅要把事和理講清楚，讓人聽明白，而且還要透過在現場上直觀性語言的表達把事物和道理講得生動、形象、感人，既有情感的激發力，又有聲貌並作的感染力。在演講活動中，演講者的身分各不相同，演講的目的多種多樣，演講的內容包羅萬象，演講的方式各有特點，演講的場地千差萬別，演講的聽眾形形色色，致使演講活動種類繁多，異彩紛呈。

在演講中，如果只有「講」而沒有「演」，那就只不過是一個人型喇叭，就會缺少感人、動人的主體形象及表演活動，即缺少實體感。而如果只有「演」而沒有「講」，只作用於聽眾的視覺器官，就猶如在聲啞人面前看手語一樣令人難以理解。所以，只有既「講」且「演」，既是聽覺的又是視覺的，兼有時間性和空間性藝術特點的綜合的現實活動，才是演講的本質屬性，也是演講區別於其他現實口語表達形式的關鍵所在。

寫個很棒的演講稿

演講稿是口頭傳播的文稿，是講給聽眾聽的，因此除非是進行專業性的學術演講，要盡量運用口語化的表達，易於明白的話。說者順暢上口，聽者清楚明白易懂，短時間內能

弄明白演講者的意圖。

　　演講稿的結構分開頭、主體、結尾三個部分，其結構原則與一般文章的結構原則大致一樣。這三個部分，要緊緊圍繞你所要闡述的主題。

■ 開頭

　　演講的開頭，也叫開場白。關於開場白，我們在第三章已經有過詳細講解，在此不再贅言。

■ 主體

　　演講稿在開頭後要迅速轉入主題，這是演講的正文和核心部分，也是演講稿的高潮所在，能否寫好，直接關係到演講的品質和效果，內容的安排，應注意以下幾個問題。

　　首先，要確定結構形式。演講稿的形式比較活潑，或旁徵博引、剖析事理，或引經據典、揮灑自如，或層層深入、環環相扣。結構形式不管怎麼樣變化，都要求內容突出、問題說透、推理嚴密、層次清晰、情理交融。

　　其次，要認真組織好資料。演講稿的理論依據和事實論據的組織安排要適當。首先必須保證例證的真實性、典型性。

　　再者，要設計演講高潮。一個成功的演講，不可能沒有高潮。要展現三個特點：一是思想深刻、態度明確，最集中

展現演講者的思想觀點。二是感情強烈，演講者的愛恨、喜怒在這裡得到盡情宣洩。三是語句精練。如何構築演講高潮呢？一是要注重思想感情的昇華。必須在對某個問題有較為深刻全面的分析、論證，演講者的思想傾向要逐漸明朗，聽眾也能逐漸領會演講者的思想觀點，並有可能在與演講者的思想感情產生共鳴，從而構築高潮。二是要注意語言的錘煉，使用排比反問等句式增加氣勢，也可借助名言警句把思想揭示得更深刻。

了解聽眾對象，了解他們的想法狀況、教育程度、職業狀況等等，了解他們的願望、了解他們所關心的和迫切需要解決的問題等等。

演講稿的行文應該有變化，富有波瀾。「文似看山不喜平」，平鋪直敘的文章讓人感覺到呆板、單調和乏味，平鋪直敘的演講也給人類似感覺。

■ 結尾

關於演講的結尾，我們在第十一章已經有詳細的講解，在此省略。

要寫個很棒的演講稿不容易，如果時間允許，不妨像對自己要求嚴格的作家一樣，多多推敲，數易其稿。

拜網路及社群發達所賜，網上各式各樣的演講模組應有盡有。有些人偷懶，乾脆上網找個類似的版本，稍微修改修

改，就貌似一個嚴謹的演講稿。其實，這種演講模組中充斥了大量的套話、空話——不說套話、空話如何放之四海而皆準？這種為了演講而偷懶的方式，不如拒絕演講更偷懶。既然答應去演講，或者不得不去演講，就要付出真心。抱著敷衍態度而寫的演講詞，是引不起聽眾的共鳴的。

如何蒐集所需資料

演講稿的寫作與文學創作不同，文學創作強調規避先定主題的寫作方式，因為這樣容易導致人物與情節的臉譜化、公式化，失去文學所特有的豐滿與張力。這種「主題先行」的文學創作，已經被當代作家與讀者擯棄。而演講則不同，恰恰需要的是「主題先行」，也就是先定一個主題再進行資料的統籌。

講者的演講詞都應該有著鮮明的主題，有演講者自己的主張。有了主題後，再緊緊圍繞主題找資料。主題與資料之間的關係是統帥與被統帥的關係，離開主題，資料是沒有建築圖紙與方案的一堆沙子、水泥，零散、雜亂，沒有任何價值。

如果說主題是演講的靈魂，那麼資料就是演講的血肉，為了使演講稿豐滿，我們就要在確定了演講主題後，廣泛蒐集演講時所要使用的資料。那麼我們如何有效蒐集資料呢？

第十三章　即使是讀稿也要讀出水準

　　一是用心觀察。真實鮮活的身邊事例，是最有說服力的資料。它與那些寫在紙張上的事例與道理相比，因為沒有距離感而更令聽眾信服。日常的工作、勞動、學習、生活及社會活動中的所見、所聞，是演講者親身透過對社會的觀察、體驗、感受、調查、研究所得到的第一手資料。我們的日常生活中，我們的身邊時時刻刻都在發生著一些事情，上至國家大事，下至同事、親朋小事，哪怕我們走在馬路上，在商店購物都可以見到、聽到一些令我們悲、令我們喜、令我們憂傷、令我們思索的事情，面對這些大小事情，只要我們是個有心人注意觀察、總結，留意記憶，那麼我們就一定會建立起一個豐富生動的第一手資料庫，這些第一手資料較之其他資料更生動、更鮮活、更具體、更真實、更獨特，也更有說服力。因此，我們千萬不要小覷直接資料的收集。直接資料是我們演講獲得成功的最寶貴的資料。

　　二是資訊採集。演講稿單靠個人觀察所採集的資料還不夠，必須廣泛地從各種資訊管道來充實 —— 如電視、報刊、網路、社群。其中，網路是一個最重要的採集管道。網路的蓬勃發展，使往昔所謂的「秀才不出門，就知天下事」變成現實。智慧化的搜尋方式（關鍵字搜尋），使你能在短時間內迅速找到海量的相關資料。在網路的幫助下，資料的採集不是問題，成為問題的是資料的取捨 —— 這在下一節將詳細談及。

資料的蒐集，其實可以變為事前的收集。也就是在閒時做個有心人，將各種自己感覺有價值的資料收集起來。電腦的普及，讓這種工作變得方便快捷。來自於網路的資料（文字、圖片、影片、音訊），你可以透過複製或下載或雲端硬碟的方式保存，其他來源的資料也可以透過打字輸入、拍照、掃描、錄影的方式保存在電腦中。這個資料庫最好分門別類，這樣有利於需要時迅速準確的調取。

精心選擇合適資料

資料運來了，像個小山一樣堆在你面前。哪些有用，哪些沒用？哪些更合適，哪些不夠好？

選資料是一個技巧工作。會選的沙裡淘金，不會選的買珠還櫝。整體來說，選材有幾大原則：真實可靠、有說服力、資料宜新，有典型性。下面我們一一道來。

■ 真實可靠

用一個虛假的事實來證明自己的觀點，或支持自己的主張，會讓你的演講變得不可信。在你的資料的真實性上不要想當然，也不要懷僥倖心理，更不要把聽眾當傻瓜愚弄。網絡時代的虛假資訊、小道消息更加泛濫，如何鑑別是一種本領。如果你引用類似的假資料來證明自己的觀點，無疑會造

成反作用。所以，在你選取資料時，一定要盡量確保資料真實可靠。如一時無法證實真偽，就應該忍痛割愛。

■ 有說服力

我們前面說過：演講屬於主題先行。因此，你在資料的取捨上首先要看它能否有力地支持主題或為主題服務。凡是更能突出、烘托主題的資料就選用，否則就放棄。

■ 資料宜新

老掉牙的資料不如新資料。日新月異的今天，過去的經驗、理論、數據今天不一定適用。一些著名的演講大師尤其注重在「新」上做文章，他們的資料裡，有「昨天發生的事」，甚至有些是在演講前幾分鐘從報刊或網路上的傳來的資訊。有一家公司正在為上市而作前期準備，公司董事長在召開中上層主管會議時這樣說：「在我趕來這裡的路上，從網路新聞裡得到一個消息：X 公司的上市計畫受挫。他們之所以受挫，是因為……」這樣的講話，比分析 N 年前的案例要吸引人得多，而且也具有現實意義。這就給我們提供了一個新的思路，在你的演講稿寫好後，臨登場前的那幾天，還應該留意一下報紙與網路，如果有相關的資料，要及時補充或替換進講稿裡。

■ 有典型性

所謂有典型性，就是具有代表性，能夠揭示事物的本質。對於偶然的、個別的、表面的東西，應該堅決擯棄。

以上所列的四點，因為考慮的角度不同，所以有時也會彼此產生衝突。具體如何權衡掌握，要因事而變。但不管如何，真實性是排在第一位的，對資料的取捨有「一票否決」的權力。

書面語與口語的區別

一篇好的文章，不見得是一篇好的演講詞。華麗的辭藻，典雅的修飾，還不如用平實的語言。你在寫作或審閱演講稿時，要時時注意書面語與口語的區別。

當年，林肯和道格拉斯競選美國總統，林肯對著選民發表了這樣的演講：

有人寫信問我有多少錢，我告訴他們我是一個窮人。我有一個妻子和三個兒子，他們才是我的寶貴財富。我租了一間房子，房子裡有一張桌子和三張椅子。牆角有一個櫃子，櫃子裡的書值得我讀一輩子。我的臉又瘦又長且長滿鬍子，我不會因發福而挺著大肚子。我沒有什麼可以庇蔭的背景，唯一可以依靠的是你們。

林肯的話如同一首兒歌，通俗易懂，生動形象，深得選

民之喜愛。我們可以想像，他要是拉開架勢，文謅謅地，一定得不到那麼多人的支持。

　　講者在寫演講稿時，要想像著自己正在面對聽眾「演講」，而不是在「寫」演講稿。具體來說，演講稿的文字（或語言）風格應該符合以下幾點。

■ 簡潔明了

　　那些晦澀拗口的文言文、生僻成語、複句盡量少用。你不是來表現自己「學識」的，是來說明某個問題的。我們來聽一段這樣的話：「不少人安於故俗，溺於舊聞，終日沉醉在昔日的輝煌之中，殊不知山中僅一日、世上已千年……」。這個演講者的本意是告誡臺下的員工不要因循守舊、安於現狀，但用了很長的複句，而且用了比較生僻晦澀的成語（安於故俗，溺於舊聞），並用了典故（山中僅一日、世上已千年）。這種表達讓聽眾聽著會很累，要理解你的意思不容易，要有一定的中文功底，還必須豎起耳朵聽，動腦想。這句話如果這樣說，效果就會好很多：「市場變化很快，不少人的舊觀念、舊眼光該丟棄了……」簡單明瞭，還不容易產生誤解。

■ 確切具體

　　盡量少用那些含義寬泛的話，以及詞語。確切具體是減

少誤解的一個重要方法。請看：「今年引進一套新的數位液壓機很難辦到。」聽眾甲的解讀可能是：公司暫時沒有足夠的錢來購買。而乙可能會這樣認為：新的數位液壓機供不應求。而你真實的意思，或許是 —— 數位液壓機是按照訂單生產的，現在下單最快也要到明年年中才能生產出來。到底是什麼意思，只有你自己心裡明白。除非有商業祕密或其他需要保密的原因，你完全沒有必要說些讓聽眾來猜的話。此外，在用詞上，那些抽象的詞少用。例如：「我們一定會成功！」什麼叫成功？是獲得顧客好評，還是上級誇獎，或者……具體一點，給個標準，例如：「我們這個月的銷售額一定要超過 100 萬！」這不是很好嗎？

■ 生動活潑

語言是否生動活潑，決定聽眾是否饒有興趣地聽你的演講。那些單調乏味、一成不變、乾枯呆滯的語言，是所有聽眾都唾棄與反感的。演講者正襟危坐在高高的臺上，字正腔圓地演講，聽眾卻毫無興趣與熱情。這樣的演講是失敗的。一位出色的演講者每隔三四分鐘便會插入一些生動的內容，從而保持聽眾高度的參與感並重新獲得其關心。一場演講一般由一系列的高潮和低谷組成：高潮期是發言人加入論證資料的地方；而低谷則是組成高峰期的新資料之間的自然過渡。要想語言生動活潑，就需要在口語化的基礎之上，適當

第十三章　即使是讀稿也要讀出水準

利用一些修辭手法，如排比、類比、比喻。關於如何利用修辭，我們在前面已經有所著墨，在此不再贅言。

▍如果是祕書寫的講稿

有祕書來代擬演講稿，是較高級別主管的一項「特權」。據說，最合格的祕書在代主管寫演講稿時，要針對主管可能不認識的字做好提前應對措施，用一個同音字加以標注。如寫「莘莘學子」時要註明發音，以免主管誤念成「辛辛學子」。否則，如果祕書不成為白字祕書，主管就會成為白字主管。不過，儘管你學富五車，也難免有不認識的字。因此，在演講之前熟悉一下祕書寫的講稿，這是最基本的要求。

還有一個笑話是這樣的，這個主管坐在臺上字正腔圓地作報告，當他說到「對於這樣的任務，我們沒有信心完成」時，停頓了片刻——原來他在翻頁。這時臺下一片譁然，主管才繼續發言：「嗎？答案是否定的！」臺下這時簡直炸鍋了，因為他說的似乎是「我們沒有信心完成這項任務，媽，答案是否定的！」這個主管就是典型的沒有預先熟悉講稿。笑話也許有誇大，但在現實中，為了翻頁而將演講打斷得莫名其妙的情形也是經常看到的。

熟悉講稿當然不完全是為了避免鬧笑話。熟悉講稿是你

把關的重要流程。祕書儘管跟隨你多年，但他畢竟不是你肚子裡的蛔蟲，他寫的是否是你想要說的？有哪些地方需要修正、加強或增刪？

要知道，講得不好別人是不會把過錯歸在你的祕書身上的，一切都要由你來承擔。

總之，如果是祕書代寫的講稿，身為主管，也要將其承載自己的思想、化為自己的語言、符合自己的演講風格。

謹防成為朗讀機器

一個好的講稿在手，演講就可以成功了嗎？

沒那麼容易。有些演講者一上臺就像小學生朗讀課文一樣，把事先準備好的演講詞展開，一字不拉地朗讀。儘管他做到了字正腔圓，做到了抑揚頓挫，做到了聲情並茂；但是，我很遺憾告訴你，這不是做演講，這只是在朗讀。儘管二者有相似之處，但還是有很大區別的。

演講可以根據現場情況的變化，做比較多的即興發揮。我們甚至見到有些主管講話時，丟開祕書準備的講稿，另講一套。而朗讀則要忠實於原著，要一字不少地誦讀原作品。此外，演講的表達形式，即要「演」又要「講」字——如演員演戲時邊演邊變說臺詞；而朗讀側重於「朗」和「讀」——是經過美化、修飾、規範的表演口語。

第十三章　即使是讀稿也要讀出水準

　　也許有人覺得背誦講稿是一個不錯的方法，因為這可以解放自己的眼睛，以便和聽眾有更多的眼神交流。但逐字逐句背誦講稿有很多弊端。首先，整篇記憶會耗費演講者大量的時間，而且容易形成演講者心理麻痺。實際的演講過程中，一旦因怯場、聽眾騷動、設備故障等突然出事而打斷了演講者的思路，機械記憶的連結就往往被打斷，演講者腦海中會形成一片空白，導致演講停頓。此外，要是你在背誦後突然有了更好的資料要替換，勢必講稿要修改，你又得重新背……如此幾番折騰，費力之外還不見得記得住。就算你記得，如同背書的演講也令聽眾聽了無趣。

　　英國前首相，也是著名的演講家邱吉爾，年輕時也常常依靠背誦演講稿而後發表演講。在一次國會會議的演講中，邱吉爾突然忘記了下面的一句話，他不斷重複最後一句話仍然無濟於事，最後只得面紅耳赤地回到座位。從此，邱吉爾放棄了背誦演講稿的準備方式，採用了一種提綱要點記憶法。提綱要點記憶也就是記大綱與要點，如果你願意，記段落大意也可以。

　　如果你還是需要一個講稿在手，心裡才踏實的話。美國當代演講大師庫什納認為需要熟悉講稿，做到不用一個字一個地去看也可以說出來 —— 就已經足夠了。如果只需要偶爾瞥一眼就能說下去，就可以將目光最大限度地投向聽眾。他

還建議講稿盡量要用短句，這樣即使你不太熟悉講稿，也可以在每句話結束時抬頭看看聽眾。庫什納說：「句子越短，你抬頭看聽眾的次數就越多。」而一段長長的話，需要你將目光停留在講稿上的時間加長，這容易讓聽眾形成你在讀講稿的感覺。此外，他還建議：你的開場白、精彩段落以及結束語，你最好做到不需要看講稿就能說出來。

高明的講者在看講稿演講時，其實也在對演講稿作再次的修改。他們不會完全忠實於原文，不僅將某些句子的表達作了修改 —— 如書面語言變為口語，還能根據當時的氣氛適當增刪講演稿。如有些問題前面的人已經講過了，則適當點一點就不再長篇大論。如發現聽眾注意力不集中，則適當穿插一個小幽默等等。

林語堂曾經說過一句這樣的話：「一個好的演說家，在他的演說講完之後，他會感覺到他的演說有四份：一份是他原來預備的；一份是他實際講出的；一份是在報紙上刊登的；還有一份，就是他在回家的途中想到當時應該怎樣講的。」你的演講，也許會少了那份「報紙上刊登的」，但千萬不要少了其他三份。演講結束後的那一份，是你必不可少一個總結。這是提升你演講水準的一個重要途徑。

第十三章　即使是讀稿也要讀出水準

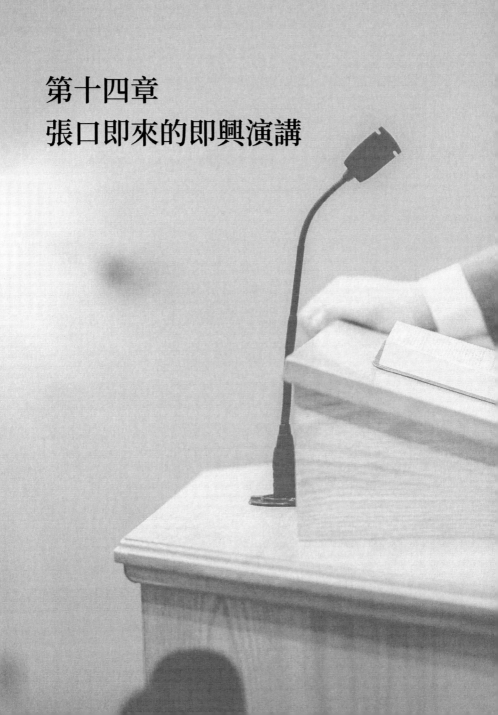

第十四章
張口即來的即興演講

即興演講，也叫即席演講，或即席講話，是指演講者事先未做準備，臨場因時而發、因事而發、因景而發、因情而發的一種語言表達方式。

　　即興演講在思維的敏捷性、語言的邏輯性和口頭表達的雄辯性上，對於演講者都有更高的要求。即興演講可以說是演講這尊皇冠上的明珠。

　　身為領導者，需要即興演講的場合很多，如討論會、歡迎會、歡送會、各種宴會等等。這種演講與平時正經八百的演講不同，沒有充足的準備，也沒有限定的話題，一切都要靠臨陣的發揮。身為領導者，如果能善用這些機會做出優秀的演講，也是其領導能力的一個重要顯示。

即興之「即」與「興」

　　既然是即興演講，就要講究一個「即」與「興」。所謂「即」，也就是有不確定性、即時性與即事性之意；而「興」則含有興趣、興致與助興之意。

　　即興演講常常是「突然襲擊」式的。比如你參加會議，本來沒有安排自己演講，臨時出現需要你「講幾句」的情況。比如你參加某個酒會，由人提議或情勢所迫，你「不得不」講幾句；或者你知道自己需要講，但講什麼需要根據即時的情況而定，不能夠事先作準備等情況。還有一種情況

是，你沒打算也並沒有人邀請你演講，但你被當時的環境所觸動，主動要講。總之，即興演講沒有什麼時間來讓你準備，你必須即時開講。講什麼呢？即事——也就是說，要抓住當下之事的話題即興發揮講幾句。若你扯到老莊哲學、外國文學等，那可是離題，所以你要就事論事。此外，即興演講一般要求一事一議，不可信口開河，也不允許信馬游韁。

再談即興演講之「興」。別人有興致才會邀請你演講，或者你自己來了興趣，有話在喉不吐不快。例如你參加下屬的婚宴，司儀可能會請你說幾句；例如你參加下屬的演講，被某個人的話所深深觸動——這時，都是你即興演講的時機。否則，你沒有必要為了顯示自己的權威或什麼，霸王硬上弓地說幾句。

既然別人有興致聽你講話，你還是得助興。國人好謙虛，如果是應別人邀請即興演講，自己卻禮貌性地推卻，那未免不夠通情達理。這種推卻一般當然是大家都心知肚明的，作個謙虛的姿態之後，對方一般還是會「堅持」要你講幾句，這時你要是仍拒絕，則有敗興之嫌。出於禮儀，你確實不得不作個即興講話。這種講話，固然有「應景」與「多此一舉」的嫌疑，但為了不掃興，只能恭敬不如從命。若是人家邀請你即興演講，是尊重你；而你應約演講，也是尊重對方的一種表現。

第十四章　張口即來的即興演講

有這樣一個故事：有一戶富翁在孩子滿月時舉行慶宴，前來慶賀的人見到孩子，有的說孩子將來一定能當大官，有的說孩子將來一定能發大財，有的說孩子將來一定能成就大事業等等。這時有一個人卻說：「這孩子將來會死的。」前人都是隨口奉承，沒有根據；最後一人所言確有根據，符合客觀規律。但從口語表達的效果看：對前者，主人眉開眼笑，連連道謝；對後者則怒氣沖天，棍棒相加。孩子滿月是喜事，主人這時當然願聽讚美之詞，儘管是信口之言；而說孩子將來必死確是有據之言，卻使主人反感，因為言語與場合和喜慶的氣氛不相協調。由此可見，在莊嚴的場合演講也要莊嚴，在輕鬆的場合演講則要輕鬆，在熱烈的場合演講應要熱烈，在清冷的場合演講必定要清冷，在喜慶的場合演講也要喜慶，在悲哀的場合演講一定悲哀。

令聽眾掃興的演講，除了那種不切時、不應景的即興演講之外，那種滔滔不絕的長篇大論往往也是令人生厭的。即興演講講究的是短小精悍、有感而發，長則十分八分鐘，短則三兩句話。艾森豪在擔任哥倫比亞大學（Columbia University）校長時，經常應邀出席各種宴會。在一次宴會上，幾位名人作了長篇演說，可是主持人最後還是請他也講幾句話。艾森豪一看時間已經不多，站起來即興發揮：「每一篇演講不管它寫成書面的還是其他形式，都應該有標點符號。今天晚

上，我想說的就是標點符號中的句號。」大家立刻報以熱烈的掌聲。後來他對別人說，那是他最著名的演說之一。

▌即興演講的幾個要求

對於即興演講，除我們前面談到的一事一議外，還有三個要求。

■ 言簡意賅

沒有人規定你必須說多長時間，這意味著你應該在能將觀點說明白的前提下，要越短越好。古語說：「言不在多，達意則靈。」語言是傳達資訊和交流思想的工具，同樣，即興演講的技巧和表現手法也主要展現於語言的運用上。要言不煩，字字珠璣，能使人不減興味；而冗詞贅語，嘮嘮叨叨，不得要領，必令人生厭。如林肯著名的蓋茲堡（Gettysburg）演說只有十幾句，他的講話重點突出，一氣呵成。而當時的主持者艾弗萊特則語句嘮叨，冗長散雜，與之形成鮮明的對照。他用兩個小時才接觸到林肯所闡述的中心思想，而林肯卻只用兩分鐘就把自己的觀點闡述得既明白而又非常深刻，博得了一萬五千名聽眾經久不息的掌聲並轟動全國。可見，林肯駕馭語言功力之非凡。

第十四章　張口即來的即興演講

■ 生動活潑

即興演講的另一要求是生動活潑，機敏過人，以增強臨場氣氛，服務活動主旨。講者可用聽眾比較熟悉的特定地點、特定節目，或具有某種象徵意義、紀念意義的實物等來設喻，將抽象的道理說得生動形象，增強演講的通俗性和說服力，使人聽起來親切動情。

■ 懂得收放

即興演講常常是由某種特定的場景、特殊的時代與場景所引起的。時代場景的刺激觸發了演講者的靈感，使之產生了不吐不快的慾望。然而，有些人卻不管不顧，只要興致一來便忘乎所以，一發揮便如黃河決了口，再也收不住。俗話說，識時務者為俊傑，演講者如果不會見機行事，隨機應變，就算是有口才也只能令人生厭，讓聽眾感覺「膩」。

我們再來看兩則精彩的即興演講。

1948 年，外國著名演員珍‧惠曼（Jane Wyman）因在《心聲淚影》（*Johnny Belinda*）中成功扮演了一個聾啞人而獲奧斯卡金像獎。她獲獎時的致詞也只有一句話：「我因一句話沒說而得獎，我想我該再一次閉嘴。」

還有一位作家領一個文學獎時，說了這樣的獲獎感言：「瓜田裡有很多瓜，我是一個瓜，並不比別的瓜大、好，只

是長在路旁，被人發現了。」

　　以上兩則即興演講，謙遜、雅緻而又幽默。感言不多，卻含義深刻，讓人聽後難忘。相比某些人來說，有些人的演講長篇大論、泛泛而談，效果反而不好。如果你也能構思出短小精悍又餘味深長的超級短演講詞，完全可以不按照那一套來構思與演講。

林語堂的即興演講

　　現代著名文學家林語堂先生是一個非常有才氣、有思想的文學大家，同時他也是一位非常睿智風趣的演講大師。1966 年，林語堂從美國回臺灣定居。同年 6 月，臺北某學院舉行畢業典禮，特邀林語堂參加，並請他即席演講。安排在林語堂之前的幾位頗有身分的演講者，已經發表了冗長乏味的演講，令臺下聽眾昏昏欲睡。輪到林語堂先生演講時，他抬腕看了看錶，已是十一點半了，於是就改弦換調。只見他快步走上講臺，僅說了一句話：「紳士的演講應該像女人穿的迷你裙，越短越好。」然後就結束了演講。他的話一出口，大家先是一愣，幾秒鐘後，會場上響起了熱烈的掌聲。在第二天臺北的各大報紙上均出現了「幽默大師名不虛傳」的消息。看來，即興演講者有口才還不行，還要有審時度勢的機智。

第十四章　張口即來的即興演講

林語堂自詡為「伊壁鳩魯（Epicureanism）派的信徒」，極喜饕餮而食。他雖然善於演講，但碰到飯後被人拉去作臨時演講則是深惡痛絕。

有一次，林語堂又遇到了這種事。飯是吃了，主人盛情邀他講話，推無可推，只得作一次無可奈何的即席演講。他說：

諸位，我講一個小笑話，幫助消化 ── 在古羅馬時代，皇帝常指派手下將活人投到鬥獸場（競技場）中被野獸吃掉，他就在活人被吃時撕心裂肺的喊叫中和淋漓的鮮血中觀賞。

有一天，皇帝命令將一個人關進鬥獸場，讓一頭獅子去吃。這人見了獅子，並不害怕。他走近獅子，在牠耳邊輕輕說了幾句話，只見那獅子掉頭就走，不去吃他了。皇帝見了，十分奇怪。他想，大約是這頭獅子不餓，胃口不好，見了活人都懶得吃。

於是，他又命令放出一隻餓虎來。餓虎兩眼放著凶光撲過來，那人依然不怕。他又走到老虎近旁，向牠耳語一番。那隻餓虎竟也逃走了。皇帝目睹一切，覺得難以置信。他想，這個人到底有什麼法術令獅子餓虎不吃他呢？他將那人招來盤問：「你究竟向那獅子、老虎說了些什麼話，使牠們掉頭而去呢？」那人不慌不忙地說：「其實很簡單，我只是提醒

牠們，吃掉我當然很容易，可是吃了以後你得開口說話，演講一番。」

　　林語堂的這則演講妙趣橫生，既完成了演講的「任務」，又委婉地對要求自己演講提出了抗議，同時還達到即席演講所需要的效果 —— 娛樂。真是一箭三鵰！

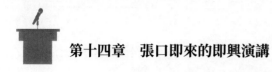

第十四章　張口即來的即興演講

第十五章
「菜鳥」的演講如何不「菜」

第十五章　「菜鳥」的演講如何不「菜」

身為主管，經常需要站在很多人面前發言，這是工作角色所決定的。在主管職位上工作了多年的人，相對來說大都是有高明一些的演講才能，這正是因為他們有了一定的經驗。而對於那些新上任的主管來說，突然從在臺下的聽眾變成臺上的演講者，新的角色就需要有新的能力、新的經驗。

在本章，我們將告訴那些尚且有些稚嫩的「菜鳥」型主管如何迅速提升自己的演講水準。要知道，一個不善於演講的主管，在很多團隊裡是不能勝任主管職位的。能否提升自己的演講能力，是你稱職與否的一項關鍵內容，也是你能否繼續升遷的一個考驗。

你的害怕很正常

1977 年，一本名為《列表之書》（*The Book of Lists*）的圖書暢銷全美國，其中，有一章的標題是〈人類的 14 種恐懼〉。你知道排在第一的恐懼是什麼嗎？不是死亡（死亡被排名在第七），不是蛇蟲虎豹，居然是「在一群人面前講話」！

在一群人面前講話真有這麼恐怖嗎？你有沒有類似的經歷，比如學生時代伶牙俐齒的你，班會時被叫到講臺上發言，你是否面紅耳赤、不知該講什麼？相信這樣的經歷在多數讀者中都有過，並且可能還在延續著。

通常，人們把這種當眾說話產生的恐懼心理稱之為「怯

場」。美國著名作家、溝通大師戴爾·卡內基在總結他畢生從事於演講教學生涯的體會時說：「我幾乎一生都在致力於協助人們去消除恐懼、培養勇氣和信心。」正如他所言，即使是著名的演講家也有過怯場，他們也會心口發慌，兩腿發抖。古羅馬雄辯家希塞斯曾私下說：「演講一開始，我就感到自己臉色蒼白，四肢和整個心靈都在顫抖。」溫斯頓·邱吉爾也說過，他開始演講時，口中似乎塞著一塊好幾寸厚的冰疙瘩，那份難受就不用提了。美國口才大師詹寧斯·伯瑞安初次上臺演講時，兩個膝蓋顫抖地碰在一起。而美國諷刺作家馬克·吐溫第一次當眾朗讀時，口中像「塞滿了棉花」。印度前總理甘地初次發表演講時，簡直「不是在講話，而是在尖叫。」

記得在一個美國戰爭大片中，一個小孩天真地問他的爺爺——一個二戰老兵：「爺爺，你上戰場時會害怕嗎？」這個英雄老兵的回答很有意思：「孩子，爺爺也會害怕，不過，我會戰勝恐懼往前衝。」看來，所謂的勇士，其實與常人一樣，也會有恐懼，只不過他們能戰勝恐懼而已。再連結到我們這裡所說的演講，不是也如同一個沒有硝煙的戰場嗎？在大眾目光的聚焦之下，演講者恐懼與緊張在所難免。而一個優秀的演講者，他們只不過是能戰勝心中的恐懼與緊張而已。

第十五章 「菜鳥」的演講如何不「菜」

此外，根據有關的研究表明，輕度的怯場對演講反而有幫助，這是因為，輕度的怯場會使演講者對外來的刺激保持了某種警覺性，臨場反應的能力會因此而更加敏捷，說話會更加流暢。這就像我們前面舉的士兵上戰場的例子，戰場上若懷有適度的恐懼，往往能夠更加有效地保護自己、消滅對方。

如何克服怯場

「一上臺我就心跳加速、四肢冰涼、大腦一片空白」——這種情況在很多人身上出現過，卻很少有人能清楚地說出自己究竟害怕什麼。一種莫名的恐懼感？不，這不是一個完整的答案。我們只有清楚地找出自己害怕的是什麼，才能對症下藥。

把你的恐懼列在紙上將是大有裨益的，應盡可能地做到明確具體。如果你寫的是諸如「我害怕我自己出醜」，繼續問你自己這些問題：我的表現將會如何？（比如「我會忘記演講的內容」），然後會發生些什麼？（比如「聽眾會認為我是一個笨蛋」）。在列出你的清單時用這種格式：我害怕會發生「具體的事件」並由此導致「具體的結果」。

在你列完了你的恐懼清單之後，就可以把你的恐懼進行歸類。

對於類似於「我害怕我的道具效果不明顯」這樣的恐

懼，解決的辦法相當簡單。找一些人與你一起檢測一下演講所用道具的效果，如果有什麼問題的話，重新設計它們。許多恐懼都源於不充分的準備，只要把它們寫下來列成表，它們就變得容易處理和控制，並且通常立刻就能找到解決辦法。

我們中的絕大多數人，如老師們，他們習慣於面對一大群學生聽眾侃侃而談，卻在演講臺上作報告時顯得畏縮退卻，此時最大的恐懼其實就是害怕他人對自己做出否定性的評價，尤其是來自於同事、同輩或權威人物的否定性評價。

這種對否定性評價的恐懼在演講中轉換成了對聽眾的恐懼，似乎他們會咄咄逼人、吹毛求疵。其實你與聽眾只不過是一群個體的集合，而演講只不過是一次規模大一點的談話。如果你與他們中的任何幾個人談話時不感到恐懼，那麼在對他們全體發表演講時也就不應感到提心吊膽。

當然，在這個世界上，的確有一些嚴厲苛刻，求全責備的人，但我們同時會發現，絕大多數聽眾還是善解人意、寬容大度的。他們的願望是聽到一篇精彩的演講，因而，他們實際上是站在你的一邊支持著你，尤其重要的是，他們希望你能自信。回憶一下你在聆聽一位極度緊張的演講者演講時的感受：你的尷尬幾乎和他一樣多。因為絕大多數聽眾都會將心比心，聽眾也會受到演講者的情緒和語氣的感染，因而，一個自身緊張的演講者也會導致的眾的緊張。另一方

第十五章　「菜鳥」的演講如何不「菜」

面，當演講者戰勝最初的恐懼開始平穩發揮，演講步入正軌時，可以明顯地感覺到聽眾也放鬆了下來。

如果說存在某種能夠幫助人們克服怯場心理的技巧，那就是重新定義聽眾的概念，將他們從「批評家」轉變為「聆聽者」。演講者不必太過關心對演講的恐懼心理：「我看起來怎麼樣？他們會喜歡我嗎」，「我的演講是否足夠精彩」等，只要提醒自己站在那裡的目的並不是在進行單方面的表演，而是為了與他人分享。假想一些真誠好學的、容易做出響應的聽眾，把你的思想集中在他們身上，你應該給予這些人什麼呢？你提供的資訊和觀念將會如何豐富他們的生活呢？理解了這些，一切就迎刃而解。

如何邁過緊張的坎

對於「菜鳥」型演講者來說，剛上臺時出現緊張總是在所難免的。緊張不一定全是壞事，但若過度緊張，則會使自己出現思維混亂、詞不達意的情況。如何讓自己的心理不至於緊張，請看以下三個有效又有趣的技巧。

■ 只找「有情人」

當你在臺上時，目之所及是各種各樣聽眾的表情，如果你專注在那些怒目而視、幸災樂禍或是無動於衷的人身上，便會不由地產生怯場心理：「他們為什麼這樣看著我？」

「他們發出的怪聲是什麼意思？」

「那三個人為什麼不向臺上看？看來我的演講沒有吸引力，大家都不愛聽了。」

「有人走出去了，又有兩個人，完了，我沒戲了。」

這類閃念不僅會使自己的精力不夠專注，最可怕的是它會對你的自信構成巨大的威脅。當你想到「我可能完了」的時候，你可能就真的完了。

與此相反，如果你看到的是充滿熱情的臉，是鼓勵的眼神，是熱烈的掌聲，你潛在的能量便會因你的興奮而激發出來，獲得意料之外的成功。所以，如果你希望不受到負面情緒掌控，就應該多去尋找那些熱情友好的臉孔。

■ 想像聽眾們……

美國著名的幽默大師兼職業演講人庫什納，他介紹自己緩解緊張情緒的辦法是想像臺下的聽眾們都沒有穿衣服。這個方法聽上去有點匪夷所思，但的確具有效果，很多演講者在運用庫什納的這個「絕招」時，都證實了這種效果。你想想，大家都光著身子安坐臺下聽你的演講，那是不是很可笑呢？這個方法的奇妙之處在於：用一種可笑的場景給自己製造輕鬆，從而轉移了緊張的情緒。如果你覺得這樣想像不太妥當的話，不妨把庫什納的方法當一個笑話。緊張時，想到可愛的庫什納大師居然是這樣應對的，哈哈……緊張頓時會

隨著內心的放鬆去了爪哇國。對於演講的緊張問題，林語堂先生的方法比庫什納要「道德」一點，他說，他喜歡「想像聽眾們都欠自己的錢」。林先生說他一想到聽眾都欠自己的錢，就頓時如債主般精神抖擻、意氣風發。不過，你可不能以為自己是債主而趾高氣揚 —— 凡事不要太過，過猶不及。

■ 努力使自己放鬆

　　如果說我們在上面介紹的方法一是妙招、方法二是歪招的話，第三個方法絕對像武林中的正統功夫。專家們建議緊張者在上臺之前做些輕度運動，使全身處於鬆弛狀態，臨上臺時靜靜地進行幾次深呼吸，在吐氣時稍微加進一點力氣。這樣一來，內心自然會踏實一些。此外，說話緊張的人大都是想要說話時呼吸紊亂，氧氣的吸入量減少，頭腦一時陷於空白狀態，從而不能把所想的詞語說出來。演講時失常通常是這樣的順序：怯場－呼吸紊亂－頭腦反應遲鈍－說一些支離破碎的話。所以調整呼吸會使這些情況恢復正常。

勤加練習才是不二法門

　　那些跳傘的運動員或戰士，在第一次從高空中跳下時，面臨的巨大挑戰不亞於初次登臺演講，但他們幾乎都能很平安地降落地面。為什麼？因為他們在跳傘之前，進行了無數次的演練。他們熟悉了每一個技術動作，清楚了每一個意外

出現時的應對措施，所以，他們能夠平安地返回地面。

　　演講也是這樣，登臺前的演練，是戰勝恐懼與緊張，完善自己演講水準，令自己做出高水準演講的一個最有效的方法。

　　所以，在登臺之前，應該盡量找機會多練習，甚至，在自己還沒有成為領導者，並且也沒有演講任務時，你若有心提升自己的演講水準，也應該未雨綢繆、勤加練習。如果是單獨練習，最好是能錄影錄下來，最低基本也要將聲音錄下來。有這麼一種有趣的現象，別人聽到的聲音和自己聽到聲音 —— 這兩者之間因為傳導的路線不同而造成了不小的差異，透過錄音發出的聲音可以讓你更加真實地感受別人如何聽自己的聲音。

　　以前在科學技術不發達時，人們練習演講不得不面對鏡子，如今看來，這算不上是一個最好辦法，因為一邊演講的你要捕捉鏡子中的缺陷是很困難的，而且還會造成演講者極大的分心。此外，沒有必要利用鏡子在演講前刻意演練手勢，這種類似於「背誦」的手勢看上去刻板、不自然，如同一個機器人。

　　對於練習，專家們的建議是：越接近於真實環境越好。因此，不妨先找一些聽眾來聽似乎是最佳的選擇。美國的演講大師約翰‧坎圖說他在家裡練習時，會用一個圓形的毛刷

第十五章 「菜鳥」的演講如何不「菜」

來充當話筒。不管怎樣，盡量去模擬現場的演講，這會讓你的練習更接近於真實，從而減少真正登臺時的瑕疵。

當開始進行整個演講的練習時，一定要保證你確實練習了全部內容。練習時，如果你犯了一個錯誤，你會很自然地停下來從頭開始。不要這樣做。即使錯了，也要強迫自己進行完整個練習。因為，如果你一犯錯誤就從頭開始，你的練習就是不完整的。完整的練習包括你講錯時，如何用其他話予以修正。

最後，在你演練完畢後，你需要多看幾遍，或者說多回顧幾遍自己剛剛做過的練習，觀察自己在哪些地方存在不足，並針對這種不足如何進行改進。

比如：

外表形象是否合乎禮儀？

演講的速度是否太快或太慢？

演講的聲音聽上去有哪些不足？

是否伴有哪些不雅的習慣性動作？

演講詞還有什麼問題嗎？

我自己是否能被這個演講所感染？

事實上，在登臺前的演講演習，還可以幫助演講者建立充分的自信，避免因準備不充分或不適應演講環境而引起的驚慌失措。

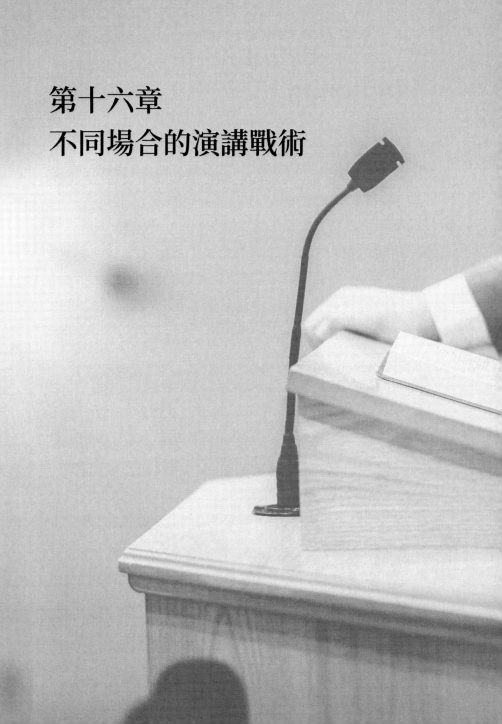

第十六章
不同場合的演講戰術

第十六章　不同場合的演講戰術

　　唇槍舌劍的甄選演講，一絲不苟的精神傳達，正襟危坐的會議主持……各種各樣的場合，都需要演講口才與溝通表達。由於人們大都遵守「君子敏於行而訥於言」的古訓，很多新當上主管的人一上臺往往手足無措，言辭失當。

　　前面我們已經詳細地介紹了精彩演講的一些常用知識，在這一章我們將就主管在工作與生活中，經常會遇見的幾種演講場合，有針對性地談談如何做好這些演講。一個領導者，只有提升對聽眾講話的能力，才能成就領導力，樹立起領導者形象，塑造出個人魅力，進而提升自己的綜合競爭實力。

甄選演講的要點

　　甄選演講是為了競爭上任而發表的演講，現在已經廣泛地運用在公司應徵幹部、員工的場合。甄選演講的作用是推銷自己、說服大眾、爭取支持的一個重要手段。毫無疑問，這種將「讓你做」變成「你要於」、將上面決定改為大家評判的方式，更符合現代的民主理念與歷史潮流，更能選出合適的人才。因此，這種透過甄選演講來決定是否上任的方式，會在今後更加普及與看重。每一個在職主管以及想走上主管職位的人，都不可忽視這種競爭方式。

　　甄選演講和普通的演講有所不同。簡單地說，甄選演講

的目的非常明確，主題非常集中 —— 那就是「我要如何做船長」，而不是像一般的演講，可以介紹船的結構，或者告訴人們如何駕船戰勝風浪。既然你要當船長，別人也想當，因此，你的演講要在「我比別人強」上下足工夫，要準確地告訴聽眾：為什麼我比別人更適合。在其他類型的演講中，演講者儘管可以海闊天空地談古論今，說長道短，但一般都不會刻意地「顯示」自己的長處，即使是在生涯演講中，也忌諱毫不客氣地為自己「評功論好」。甄選演講的不同之處在於，全過程都是聽眾在候選人間進行比較、篩選。甄選者如果表現得「謙虛」、「不好意思」說出自己的長處，表示自己也是「一般般」，就不可能戰勝對手。所以在甄選演講中必須「八仙過海，各顯其能」，盡可能地顯示出「人無我有」、「人有我強」、「人強我新」的高人一籌的「優勢」來，有時甚至還要把本來是「劣勢」的東西換一個角度講成「優勢」。

在美國南北戰爭之後的一次競選中，參加過戰爭的一位士兵約翰‧愛倫和參加多次戰爭的陶克將軍競選國會議員。陶克將軍在戰爭中功勛卓著，戰後曾任過三次國會議員，而愛倫則顯然處於劣勢。然而經過一場競選辯論後，愛倫卻擊敗陶克取得了勝利。我們來看看愛倫是如何化劣勢為優勢的。

第十六章　不同場合的演講戰術

　　陶克將軍在競選時說：「諸位同胞們，記得就在 17 年前的今天晚上，我曾帶兵在茶座山與敵人激戰，經過激烈的血戰後，我在山上叢林裡睡了一個晚上。如果大家沒有忘記那次艱苦卓絕的戰鬥，請在選舉時，也不要忘記那吃盡苦頭，風餐露宿而屢建戰功的人。」陶克將軍列舉自己的戰績，想喚起選民們對他的充分信任。果然激起了一陣掌聲和歡呼。

　　輪到愛倫演說了，他用低緩深沉的聲音說：「同胞們，陶克將軍說得不錯，他確實在那次戰爭中立了奇功。我當時是他手下的一名無名小卒，替他出生入死，衝鋒陷陣。這還不算，當他在叢林安睡時，我還攜帶著武器站在荒野之上保護他。」他的語音一落，立即引起了選民們更加熱烈的掌聲。

　　愛倫身為一個參戰的小兵，要和將軍比戰功顯然會處於劣勢。所以愛倫避開戰功不談，只選取了戰爭年代在山上露宿這一個小小的片段。透過這個片段，他讓選民們明白了：將軍赫赫戰功其實是由千萬個和自己一樣默默無聞的小兵累積的。他還用事實說明了：在戰爭年代小兵們，比將軍更艱辛與危險。顯然，這些話更能打動同樣默默無聞的選民們的心。而更巧妙的是：他的話中沒有半句詆毀將軍戰功的語詞。

　　在甄選演講中，除了向聽眾展示自己的才華，聽眾非常關心的另一個問題是甄選者任職後的打算。因此，甄選者在甄選演講時，一定要用簡明扼要的語言亮明自己的觀點，也

就是說，要緊緊圍繞著聽眾關心的熱門、難點問題，提出明確的工作目標和切實可行的措施。措施不一定太多，三五條甚至一兩條即可。很多國家競選總統時，往往是一個上臺後要採取的措施就能決定勝負。

相對我們歷來的傳統，喜歡等待明君「三顧茅廬」者為多，鮮有人能樂意「毛遂自薦」，這可能與傳統的知識分子的清高有關。在新的時代裡，我們要勇敢而又自信地推介自己，就成為「司空見慣」的事情了。著名演說家戴爾‧卡內基曾說過：「不要怕推銷自己。只要你認為自己有才華，你就應該認為自己有資格擔任這個或那個職務。」當你充滿自信時，你站在演講臺上，面對眾人，就應該從容不迫，就應該以最好的心態來展示你自己。當然，自信還必須建築在豐富的知識和經驗的基礎上，只有這樣的自信，才會成為你甄選的力量，變成你工作的動力。

如何傳達上級精神

身為主管，有時需要傳達上級精神。這種傳達在多數情況下是以會議、講座、報告形式來傳達的。少數主管在做這類發表時，喜歡拿著文件照本宣科，一二三四五條，將本來就抽象的上級精神、指示講得枯燥無趣，群眾聽得索然無味，上級精神也大打折扣。而高明的主管在作這種演講時，

第十六章　不同場合的演講戰術

緊扣上級精神，豐富談話的內容，用生動活潑的語言，讓聽眾聽得津津有味。這裡除了領導者的職業素養之外，很重要的一個方面，就是演講的語言藝術。同樣的演講內容，語言藝術運用的好，就會有感染力和吸引力，效果就好，否則，效果就差。那麼，怎樣才能提升演講的語言藝術呢？

■ 吃透精神，精心準備

就演講的內容而言，很多行政主管作報告大多是傳達上級指示，貫徹會議精神，說明時事政策，介紹經驗體會。如果主管僅僅拿文件在大會上宣讀一遍，這當然算不上演講。因為，演講是一種帶有個性特色的創造性的講話方式，它是領導者本人在對上級精神學習理解、融會貫通後，再將內容重新組織而再表達出來的過程，是一種再創造。因此，只有理解了上級精神，才能抓住重點要害，條理清楚地將精神概括起來，形成具有領導者本人個性的演講內容和完整的格局、體系。這樣的演講才能達到既符合上級精神，又不是正本的簡單翻版或複製。

■ 語言要有針對性

傳達上級核心指令的演講語言應有鮮明的針對性，這是演講的關鍵之所在。領導者對這類演講的一個基本要求，就是要抓住難點、疑點、重點，要勇於觸及現實問題。對於那

些聽眾中存在的疑難問題，對於那些聽眾普遍關心的重要問題，領導者在報告中必須給以有說服力的回答。如果領導者無法了解聽眾的想法，抓不住問題存在的癥結，無的放矢，照本宣科地只講一些籠統的空話，是很難受到聽眾歡迎的。

■ 語言要準確精練

史達林曾這樣稱讚列寧：只有列寧才善於把最複雜的事情描述得這樣簡單和明確，這樣扼要和大膽。他說的每一句話，都是一顆子彈。精練的語言，不僅可以準確鮮明的表情達意，而且能獲得言簡意賅的效果。有個別主管在這類演講時囉嗦重複，多冗詞贅語，這就好像人手上長出了「六指」，臉上長出了肉瘤，不但顯得多餘，而且帶來害處。對於那些應景的話，對於那些重複的話，要通通刪去，不可吝惜。

得體的介紹辭怎麼說

主持會議，也是一些具有一定級別的主管經常要遇到的工作。身為「菜鳥級」的會議主持，介紹辭雖然不能被完全稱之為演講，但因為面對眾多聽眾，有些和演講差不多。若是老練的主管，這是一樁小事；若是「菜鳥級」的，這可能是其面對的其中一種問題。要說好介紹辭，像電視節目主持人那樣侃侃而談並不是你想像中的那麼簡單。

第十六章　不同場合的演講戰術

　　介紹性致辭和社交場合的介紹是出於同樣的目的，它要把演講人和聽眾帶到一起，為他們建立一種友好的氣氛，是建立起連接雙方共同興趣的紐帶。如果你認為「只要介紹主講人就是了」，那實在是一種片面的理解。介紹辭在各類講話中可說是被人們曲解得最屬害的了。

　　介紹，就應該首先使聽眾對題目有足夠的了解，讓聽眾產生很想聽聽有關它的內容的願望，應該讓聽眾了解一點演講者的身分等等情況，以表明他特別適合於討論這個題目。換言之，一篇介紹辭，應該是向聽眾「推銷」某個題目，「推銷」某位演講人的，而且，他還應該以盡可能少的話語來完成這些任務。

　　下面幾點可以幫助你組織好介紹辭。

■ 精心準備

　　介紹辭儘管很短，常常是不超過一分鐘，但仍然需要作細緻的準備。你要把你所了解的情況集中起來，這主要有三個方面：演講者所要談的主題；他談這一主題的資格；他的姓名。通常，還有第四方面會逐漸明朗 —— 演講者選擇的這一主題，為什麼對聽眾來說很重要。

　　值得注意的是，介紹的情況太多了會讓人厭煩，特別是瑣碎重複的介紹。如主講人是位博士，你卻介紹起他的學士、碩士頭銜來。一般情況下，最好是只點明他最近擔任的

最高職務，而不必羅列他在大學畢業後擔任的所有官職。最重要的是不要本末倒置，忽略了他事業上最傑出的成就而只談他的次要身分。

花上點時間，稍做些準備，就可以避免類似的只能給主講人和聽眾帶來遺憾的介紹辭。

■ 自然而不必過於嚴肅

有的主持人介紹辭講得太多，以致使聽眾不勝其煩；有的人則玩弄辭藻，對主講人和聽眾濫加捧場；有的人企圖活躍一下氣氛，但所開的玩笑卻格調不高等等，不一而足。主持人如果希望自己的介紹辭產生動人的效果，就應該避免類似的不當。

在介紹辭中對演講人過譽其美，效果也並不一定很好。

美國著名的幽默演員湯姆・科林斯就曾說：「如果我遇到一位主持人向聽眾許願，說他們馬上就會忍俊不禁，甚至會笑得在地上打滾，那可就糟了。因為這會使聽眾對我期望過高，弄得不好反而敗壞聽眾的胃口。」畢竟，物極必反。

■ 充分表現你的熱情

介紹辭的致詞方式和其內容是一樣重要的，友好之情不應僅僅停留在口頭上。假如你能有意識地在宣布主講者的名字時把自己的熱情也推向高潮，聽眾就會更熱烈地歡迎主講

人，而聽眾表現出來的好感又會反過來激勵主講者更加盡其心力。

當你最後宣布主講人的名字時，不妨記住這樣幾個有用的詞：「停頓」、「間隔」、「有力」。

「停頓」就是在把名字講出來前沉默片刻，這樣更益於使聽眾的注意力集中，並產生一種懸念的效果；「間隔」是指在主講人的姓名之間稍事停頓，以使聽眾的印象更為深刻；「有力」，是要求把主講人的姓名念得有生氣、有力度。

請務必注意：當你在宣布主講人的名字時，一定要面對聽眾發完最後一個音，才能轉向他。我們常見的多數介紹辭都很不錯，只可惜在最後出了敗筆，他們對著主講人一人念他的名字，卻把整個聽眾撇在一邊。這種「敗筆」的效果，很容易體會出來，你不妨作為聽眾試一下。

■ 讓人感到你的誠摯

誠摯在介紹辭中也是至關重要的。不要在介紹辭中刻意追求調侃和幽默，否則稍有不當，就會引起部分聽眾誤解。在這種社交場合，需要特別注意分寸，注意技巧和策略。或許你和主講人十分熟悉，但是，你們平時相互間具有特別含義的用語卻不宜在這裡使用，否則聽眾不僅聽不懂，而且會有一種被人戲弄的感覺，即便其本身並無惡意，聽眾卻依然會對此產生反感。

祝賀的話怎麼說

領導者的交際場合寬廣，免不了在一些場合說幾句祝賀的話。透過祝賀表達你對對方的理解、支持、關心、鼓勵和祝願，以抒發情懷、增進友誼。

從語言的表達形式看，祝賀詞可以分為祝詞和賀詞兩大類，祝詞是指對尚未實現的活動、事件、功業表示良好的祝願和祝福之意；賀詞則是指對於已完成的事件、業績表示慶賀的祝頌。

一般來說，祝賀總是針對喜慶意義的事，因此，不應說不吉利的話和使人傷心不快的話，應多講一些吉利、歡快的話，使人快慰和感動興奮。祝賀辭要注意以下幾點。

❖ **情景性**：祝賀總是在特定的情景下進行的，因此一定要考慮到特定的環境、特定的對象、特定的目的，使之具有明確的針對性，絕不能離開情景瞎說。

❖ **情感性**：祝賀語要達到抒發感情、增進友誼的目的，必須有較強的鼓動性與感染力，因此要求語言富有感情色彩，語氣、語調、表情、姿態等都要有濃烈的感情色彩。大多數成功的祝詞本身就是一篇短小精悍的抒情演講。

❖ **簡括性**：祝賀詞同樣可以事先做些準備，但多數是針對現場實際有感而發，講完即止，切忌旁徵博引，東拉西

扯。語言要明快熱情、簡潔有力，才能產生強烈的感染力。有些祝詞、賀詞可以進行由此及彼的聯想，由景生情的發揮，但必須緊扣中心，點到為止，才能給聽眾留下咀嚼回味的餘地。

❖ **禮貌性**：祝賀詞既然是在喜慶場合發表，就要特別注意禮節。一般都需要站立發言，稱呼要恰當。不要看講稿，雙目要根據講話的內容，時而目視致禮於祝賀的對象，時而含笑環視其他的聽眾。要和聽者作感情的交流，還可以用鼓掌、致敬等肢體動作，加強和聽眾心靈的溝通，以增強表達效果。

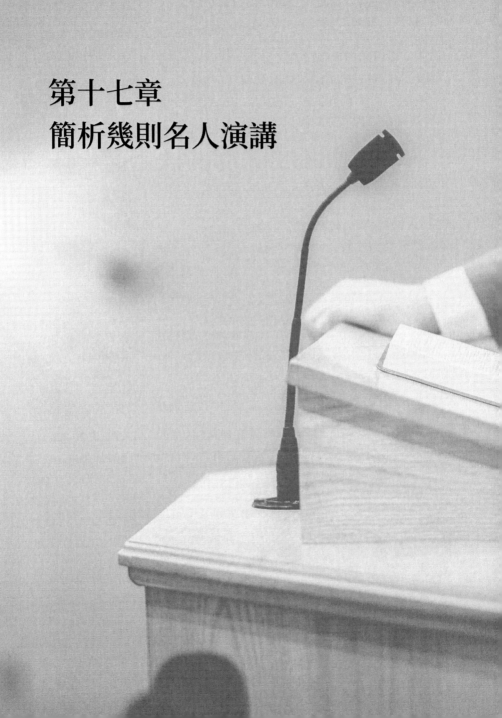

第十七章
簡析幾則名人演講

第十七章　簡析幾則名人演講

透過前面十六章的學習，我們對於以領導者、主管身分演講有了一個較為全面的了解與系統性的學習。在最後一章裡，我們將一起來學習幾則現代與當代名人的著名演講。「聆聽」這些大師級的領導者之演講，研究他們演講的成功之處，既是一種享受，也是一種學習。

值得各位讀者注意的是：學習演講，不能光一味地學習理論，一定要多聽、多看一些演講名篇。這就好像學習寫作、練習書法一樣，光學習各種理論是不夠的，一定要讀文學名著或臨摹古今名帖，方才可以得見個中真義。

戴高樂：誰說敗局已定

戴高樂是繼拿破崙之後，法國歷史上的又一位具有傳奇色彩的總統。在二戰初期，包括法國在內的同盟國屢戰屢敗。1940 年 6 月 17 日，法國元帥菲利普・貝當（Philippe Petain）向希特勒舉起白旗，使法國人民陷入黑暗之中，國內也開始瀰漫頹廢絕望之風，士氣低迷不舉。

流亡在英國倫敦的戴高樂將軍，為了鼓舞民眾、重振軍心，於元帥貝當投降次日發表了著名的演講──〈誰說敗局已定〉。戴高樂將軍在英國倫敦布希大廈的播音室裡，向法國人民發表了這篇著名演講──

擔任多年軍隊領導職務的將領們已經組成了一個政府。

　　這個政府藉口軍隊打了敗仗，便和敵人接觸，謀取停戰。

　　我們確實打了敗仗，我們已經被敵人的陸、空軍機械化部隊所困。我們之所以落敗，不僅因德軍的人數眾多，更重要的是他們的飛機、坦克和作戰的策略。正是敵人的飛機、坦克和策略使我們的將領們驚慌失措，以至出此下策。

　　但是，難道敗局已定，勝利已經無望？不，不能這樣說。

　　請相信我的話，因為我對自己所說的話完全有把握。我要告訴你們，法蘭西並未落敗，總有一天，我們會用目前戰勝我們的同樣手段，使自己轉敗為勝。

　　因為法國並非孤軍作戰。她並不孤立，絕不孤立！她有一個幅員遼闊的帝國做後盾，她可以同控制著海域並在繼續作戰的不列顛帝國結成聯盟。她和英國一樣，可以得到美國雄厚工業力量源源不斷的支援。

　　這次戰禍所及，並不限於我們不幸的祖國，戰爭的勝敗也不取決於法國戰場的局勢。這是一次世界大戰。我們的一切過失、延誤以及所受的苦難都沒關係，世界上仍有一切手段，能夠最終粉碎敵人。我們今天雖然敗於機械化部隊，將來，卻會依靠更高級的機械化部隊來奪取勝利。世界命運正繫於此。

第十七章　簡析幾則名人演講

　　我，戴高樂將軍，現在倫敦發出廣播講話。我籲請目前或將來來到英國國土的法國官兵，不論是否還持有武器，都和我連繫；我籲請具有製造武器技術的技師與技術工人，不論是目前或將來來到英國國土，都和我連繫。

　　無論出現什麼情況，我們都不容許法蘭西抗戰的烽火被撲滅，法蘭西抗戰烽火也永不會被撲滅。

　　明天我還要和今天一樣，在倫敦發表廣播講話。

　　整個演講，句句表現出抗爭到底的決心，字字洋溢著「勝利屬於法蘭西」的信念。即便在承認眼前挫折的時候，這種決心，這種信念也沒有絲毫的動搖。戴高樂將軍在分析了敵我雙方的形勢後，分析了有利因素，令人看到希望在前，勝利在握。他以一位領袖所具有的宏大氣魄，大聲疾呼：「難道敗局已定？勝利已經無望？不！」「她並不孤立！絕不孤立！」句句斬釘截鐵。他還發出呼籲：「我籲請……都和我連繫；我籲請……都和我連繫。」字字真切動人。加上通篇的短句、大量的感嘆句所形成的短促、鏗鏘的語調，使整個演講情緒高昂，鼓動性非常強。

　　在演講將要結束時，他發出了「無論出現什麼情況，我們都不容許法蘭西抗戰的烽火被撲滅，法蘭西抗戰烽火也永不會被撲滅」的吶喊，這個遞進句從「不允許」到「永不會」，將演講的氣勢推到了極致，是面對法西斯的進攻響起

誓死不妥協的戰鼓。然而，他的演講並未在高潮處就此結束，而是加了一句「明天我還要和今天一樣，在倫敦發表廣播講話」作為最後的結束語。這句話看似平淡、多餘，但平淡的表象下是滾燙的岩漿，暗示己方和敵方：我不達目的絕不會罷休！

林肯：蓋茲堡演說

林肯是美國第 16 任總統，他沒有受過多少正規教育，主要靠自學成才。林肯是於西元 1860 年當選為美國總統。次年 4 月 12 日，維護奴隸制度的南方軍隊炮轟北方要塞，內戰開始。在解放農奴的南北戰爭中，蓋茲堡戰役是美國南北戰爭中最為殘酷的一戰，這場戰役交戰雙方共戰死 51,000 人，其中北方聯邦軍共損失 23,000 多人，而當時美國只有幾百萬人口。下面是西元 1863 年 11 月 19 日林肯在蓋茲堡聯邦軍隊陣亡將士公墓落成奠禮上發表的演說。

87 年前，我們的先祖們在這個大陸上創立了一個新國家，它孕育於自由之中，奉行一切人生來平等的原則。

現在我們正從事一場偉大的內戰，以考驗這個國家，或者任何一個孕育於自由和奉行上述原則的國家是否能夠長久存在下去。我們在這場戰爭中的一個偉大戰場上集會。烈士們為使這個國家能夠生存下去而獻出了自己的生命，我們來

第十七章　簡析幾則名人演講

到這裡，是要把這個戰場的一部分奉獻給他們作為最後安息之所。我們這樣做是完全應該而且是非常恰當的。

但是，從更廣泛的意義上來說，這塊土地我們不能夠奉獻，不能夠聖化，不能夠神化。那些曾在這裡戰鬥過的勇士們，活著的和去世的，已經把這塊土地聖化了，這遠不是我們微薄的力量所能增減的。我們今天在這裡所說的話，全世界不太會注意，也不會長久地記住，但勇士們在這裡所做過的事，全世界卻永遠不會忘記。毋寧說，倒是我們這些還活著的人，應該在這裡把自己奉獻於勇士們已經如此崇高地向前推進但尚未完成的事業；倒是我們應該在這裡把自己奉獻於仍然留在我們面前的偉大任務 —— 我們要從這些光榮的死者身上汲取更多的獻身精神，來完成他們已經完全徹底為之獻身的事業；我們要在這裡下定最大的決心，不讓這些死者白白犧牲；我們要使國家在上帝福佑下得到自由的新生，要使這個民有、民治、民享的政府永世長存。

林肯的蓋茲堡演說非常短，只有不到 300 個英語單字，整個演講時間只有 2 分鐘，卻令掌聲持續了數分鐘。當時一位攝影師想替他留下一張講話時的姿態，可是攝影師尚未把那架原始笨重的攝影機擺好，林肯已經講完了。

在演講中，林肯開篇就點明美國自誕生之日起，便是一個自由平等的國家，自由平等是這個國家奮鬥的宗旨，這場戰爭的目的是保證這個自由平等的國家能夠運作長久，是為

了維護國家的原則和存亡而戰。在闡述了獻土之儀是在怎樣情況下進行的之後，緊接著論證了獻土之儀的意義：在這場戰爭中，烈士們獻出了寶貴的生命，我們活著的人應為他們奉獻最後的安息之所，即為他們奉獻一塊自由平等的土地是活著的人們的責任。之後，作者表達了對生者的召喚和鼓勵，號召人們繼承烈士的遺志，去完成他們未完成的事業，為了烈士，為了政府，為了國家，以更大的決心取得最後的勝利。

林肯的演講詞結構嚴謹，自然和諧；句式錯落有致，富有變化；措辭精練，句句樸實優雅。在表達對這次戰爭中先烈之靈的深切悼念之時，更號召人民為了國家的存亡和自由平等前赴後繼。演講通篇洋溢著熾烈而真摯的感情，極富有感染力與鼓動性。我們必將從英魂那裡吸引壯志，奮發忠誠，這是對生者的召喚與鼓勵；這個國家必將在自由上「得到新生」，一個「民有、民治與民享的政府永世長存」，這是對未來的堅定的信念。

林肯的這篇演講被認為是英語演講中的最高典範，至今仍為美國小學生必讀的課文。其演講手稿被藏於美國國會圖書館。

第十七章　簡析幾則名人演講

▌蒙哥馬利：臨別演說

　　蒙哥馬利是英國陸軍元帥、策略家、軍事家，第二次世界大戰中盟軍傑出的指揮官之一。著名的阿萊曼戰役（Battles of El Alamein）、諾曼第登陸為其軍事生涯的兩大傑作。

　　1942 年 7 月，在北非沙漠中的英國第 8 集團軍，被「沙漠之狐」隆美爾（Erwin Romme）的德國非洲軍團擊敗，退守在埃及境內的阿萊曼地區。在英軍瀕臨崩潰之際的 1942 年 8 月，蒙哥馬利正式接管英國第八集團軍，臨危受命接任司令。同年 10 月至 11 月間，蒙哥馬利組織英軍向德軍發動了阿萊曼戰役，一舉擊潰隆美爾的德國非洲軍團，扭轉了北非戰局。隨後又揮師乘勝追擊，率領第八集團軍與盟軍配合，於 1943 年 5 月在突尼西亞全殲北非殘敵。蒙哥馬利由此聲譽大振，被人們稱之為捕捉「沙漠之狐」的獵手。阿萊曼戰役後，蒙哥馬利受封為爵士，並因功被提升為陸軍上將，同時被授予巴斯騎士勳章。

　　1943 年 7 月，他率英軍在西西里登陸。9 月至 12 月，協同美軍實施義大利戰役，進軍義大利半島。12 月 24 日，英國陸軍部命令他回國接替佩吉特，指揮盟軍第 21 集團軍群，以開闢第二戰場。與第 8 集團軍的士兵們告別是那樣依依不捨，而更難的是與第 8 集團軍總司令部的官兵們告別，他們中有那麼多的人與他並肩度過了漫長的生死考驗。12 月 30

日，蒙哥馬利的告別會在托瓦斯城舉行，他對與會的司令部官兵們發表了臨別演說——

我不得不遺憾地告訴你們，我離開第八集團軍的時刻來到了。我受命去指揮在英國的盟國軍隊。他們將在最高統帥艾森豪的領導下作戰。

我實在很難把離別之情適當地向你們表達出來。我就要離開曾經和我一起戰鬥過的戰友。在艱苦作戰與贏得勝利的歲月中，你們忠於職守的勇敢與獻身精神，永遠令我欽佩。我覺得，在這支偉大的軍隊中，我有許多朋友。我不知道你們是否會想念我，但我對你們的思念，特別是回憶起那些個人的接觸，以及路上相遇時相互愉快致意的光景，實非言語所能表達。

我們共同作戰，卻從未失敗過。我們共同所做的每件事，總是成功的。

我知道，這是由於每個官兵忠於職守、全心全意合作的結果，而不是我一人之力所能做到的。

正因為這樣，你們和我彼此建立了信任。司令官與他的部隊之間的相互信任是無價之寶。

與沙漠空軍部隊告別，我也依依不捨。在第八集團軍整個勝利作戰的過程中，這支出色的空中打擊力量一直跟我們並肩作戰。第八集團軍的每名士兵都引以為榮地承認，這支強大的空軍的支援是取得勝利的極其重要的因素。對於盟國

空軍，尤其是對於沙漠空軍的大力支援，我們將永誌不忘。

臨別依依，我要向你們說些什麼呢？

我激動得說不出話，但我還是和你們說：

第八集團軍之所以有今天，是你們的功勞。是你們，使得它在全世界家喻戶曉。因此，你們一定要維護它的良好名聲和它的傳統。

請你們以對我一貫的忠誠和獻身精神同樣地對待我的接任者。

再見吧！

希望不久又再見面，希望在這次大戰的最後階段，會再次並肩作戰。

蒙哥馬利的臨別演講，既有纏綿的離別之情，又不失軍人硬朗的作風。一開篇，就直截了當地宣布：自己不得不離開這裡。接著，他深情訴說了自己對第八集團軍的感情，並對各位官兵的付出表示了感謝。

儘管蒙哥馬利傷感而又激動，但他並沒有任由感性發飆。在他的演講中，他的思維恰到好處地遊走於感性與理性之間。即便是到了快要結束時，他也沒有忘記拜託戰友們像對待自己一樣對待接任者。

在說完「再見」之後，蒙哥馬利又「畫蛇添足」地補充了一句。這種貌似多餘的話，純粹是來自於蒙哥馬利依依不

捨的真情流露，就像戀人說了再見之後的叮嚀與諾言。

受蒙哥馬利當時邀請到會的紐西蘭師長弗雷德，對當時的情景作了回憶。透過他的回憶，我們可以從另一個角度來觀察蒙哥馬利當時演講的情形，並領會到他演講的成功所在——

我和他開車前往歌劇院，感到傷感——在這種場合。我總是這樣的。我的長官非常鎮靜，我能意識到這將是一次他沒有經歷過的、更艱難的戰鬥。到了裡面之後，他說：「弗雷德。帶我去。」我把他帶到通向舞臺的臺階。他毅然走去。在肅靜的聽眾面前，對他熟悉的第八集團軍官兵們作了告別演講。

他開始很平靜地講話，說假如他的聲音由不得他的時候，請聽眾原諒。他說：「在這裡講話很易激動，但我會努力控制自己。如果說不下去時請你們諒解。」我覺得我的喉嚨哽住了。誰都可以感覺到，每個聽眾都和他一樣激動。接著他非常簡要但頗為緩慢地講到他行將調離以及所面臨的任務。他回顧了過去我們共同取得的成功以及他認為在他指揮期間指引著他前進的重要事情。他總結了形勢，對支持過他並在這期間作戰過的每一個人表示了謝意。

接著他要求他們同樣支持新任的集團軍指揮官利斯。演講中沒有什麼華麗的辭藻，也沒有什麼言不由衷的話。他講

得極有分寸，我覺得動人極了。

　　次日早晨，蒙哥馬利從作戰指揮所附近的簡易機場起飛赴任。半年後，他所指揮的第 21 集團軍群（轄英國第 2 集團軍、美國第 1 集團軍、加拿大第 1 集團軍）在諾曼第成功登陸。1945 年 3 月，他指揮的第 21 集團軍群橫渡萊茵河進入德國本土。5 月，150 萬德軍向盟軍投降。

麥克阿瑟：責任－榮譽－國家

　　麥克阿瑟是美國歷史上著名的陸軍五星上將，他出生於阿肯色州小石城的軍人世家。西元 1899 年，麥克阿瑟中學畢業後考入西點軍校，1903 年以名列第一的優異成績畢業，到工程兵部隊任職，並赴菲律賓執勤。麥克阿瑟曾是「美國最年輕的準將、西點軍校最年輕的校長、美國陸軍歷史上最年輕的陸軍參謀長」。他有 50 年的軍事實戰經驗，是美國少有的參加過一戰二戰的將軍。身為軍人，他具有驚人的記憶力。在非正式場合，他的談話「繪聲繪色，扼要而中肯，從不停頓以選擇詞句或組織思路」，但是在有些公開場合，他的演講誇誇其談，華而不實，甚至語句結構複雜而顯得特別冗長。

　　1962 年 5 月，麥克阿瑟應邀來到他的母校西點軍校，接受軍校的最高獎勵 ── 西爾維納斯·塞耶榮譽勳章。他

檢閱了學員隊，和他們共進午餐。之後，麥克阿瑟將軍發表了這篇著名演講，這是他一生中最後一次也是最感人的一次演講——

今天早晨，當我走出旅館時，看門人問道：「將軍，您上哪去？」一聽說我要去西點，他說：「那是個好地方，您從前去過嗎？」

這樣的榮譽是沒有人不受感動的。長期以來，我從事這個職業，又如此熱愛這個民族，能獲得這樣的榮譽簡直使我無法表達我的感情。然而，這種獎賞並不意味著對個人的尊崇，而是象徵一個偉大的道德準則 —— 捍衛這塊可愛土地上的文化與古老傳統的行為與素養的準則。這就是這個大獎章的意義。無論現在還是將來，它都是美國軍人道德標準的一種展現。我一定要遵循這個標準，結合崇高的理想，喚起自豪感，同時始終保持謙虛……

責任－榮譽－國家。這三個神聖的名詞莊嚴地提醒你應該成為怎樣的人，可能成為怎樣的人，一定要成為怎樣的人。它們將使你精神振奮，在你似乎喪失勇氣時鼓起勇氣，似乎沒有理由相信時重建信念，幾乎絕望時產生希望。遺憾得很，我既沒有雄辯的辭令、詩意的想像，也沒有華麗的隱喻向你們說明它們的意義。懷疑者一定要說它們只不過是幾個名詞，一句口號，一個浮誇的短詞。每一個迂腐的學究，每一個蠱惑人心的政客，每一個玩世不恭的人，每一個偽君

子，每一個惹是生非之徒，很遺憾，還有其他個性不甚正常的人，一定會企圖貶低它們，甚至對它們進行愚弄和嘲笑。

但這些名詞確能做到：塑造你的基本特性，使你將來成為國防衛士；使你堅強起來，認清自己的懦弱，並勇敢地面對自己的膽怯。它們教導你在失敗時要自尊，要不屈不撓；勝利時要謙和，不要以言語代替行動，不要貪圖舒適；要面對重壓和困難，勇敢地接受挑戰；要學會巍然屹立於風浪之中，但對遇難者要寄予同情；要先律己而後律人；要有純潔的心靈和崇高的目標；要學會笑，但不要忘記怎麼哭；要嚮往未來，但不可忽略過去；要為人持重，但不可過於嚴肅；要謙虛，銘記真正偉大的純樸，真正智慧的虛心，真正強大的溫順。它們賦予你意志的韌性，想像的素養，感情的活力，從生命的深處煥發起精神，以勇敢的姿態克服膽怯，甘於冒險而不貪圖安逸。它們在你們心中創造奇妙的意想不到的希望，以及生命的靈感與歡樂。它們就是以這種方式教導你們成為軍人和君子。

你所率領的是哪一類士兵？他可靠嗎？勇敢嗎？他有能力贏得勝利嗎？他的故事你全都熟悉，那是一個美國士兵的故事。我對他的評價是多年前在戰場上形成的，至今沒有改變。那時，我把他看作是世界上最高尚的人；現在，我仍然這樣看他。他不僅是一個軍事素養最優秀的人，而且也是一個最純潔的人。他的名字與威望，是每一個美國公民的驕傲。在青壯年時期，他獻出了一切人類所賦予的愛情與忠

貞。他不需要我及其他人的頌揚，因為他已用自己的鮮血，在敵人的面前譜寫了自傳。可是，每當我想到他在災難中的堅忍，在戰火裡的勇氣，在勝利時的謙虛，我滿懷的讚美之情不禁油然而生。他在歷史上已成為一位成功愛國者的偉大典範；他在未來將成為子孫了解解放與自由的教導者；現在，他把美德與成就獻給我們。在數十次戰役中，在上百個戰場上，在成千堆營火旁，我親眼目睹他堅忍不拔的不朽精神，熱愛祖國的自我克制以及不可戰勝的堅定決心，這些已經把他的形象銘刻在他的人民心中。從世界的這一端到另一端，他已經深深地為那勇敢的美酒所陶醉。

當我聽到合唱隊唱的這些歌曲，我記憶的目光看到第一次世界大戰中步履蹣跚的小分隊，從溼淋淋的黃昏到細雨濛濛的黎明，在透溼的背包的重負下疲憊不堪地行軍，沉重的腳踝深深地踏在砲彈轟炸過的泥濘路上，與敵人進行你死我活的戰鬥。他們嘴唇發青，渾身汙泥，在風雨中戰鬥著，從家裡被趕到敵人面前，許多人還被趕到上帝的審判席上。我不了解他們生得高貴，可我知道他們死得光榮。他們從不猶豫，毫無怨恨，滿懷信心，嘴邊叨念著繼續戰鬥，直到看到勝利的希望才合上雙眼。這一切都是為了它們：責任－榮譽－國家。當我們步履蹣跚在尋找光明與真理的道路上時，他們一直在流血、揮汗、灑淚。

20年以後，在世界的另一邊，他們又面對著黑黝黝骯髒的散兵坑、陰森森惡臭的戰壕、溼淋淋汙濁的坑道，還有那

酷熱的火辣辣的陽光、疾風狂暴的傾盆大雨、荒蕪人煙的叢林小道。他們忍受著與親人長期分離的痛苦煎熬、熱帶疾病的猖獗蔓延、兵燹地區的恐怖情景。他們堅定果敢的防禦，他們迅速準確的攻擊，他們的不屈不撓，他們全面徹底的勝利—永恆的勝利—永遠伴隨著他們最後在血泊中的戰鬥。在戰鬥中，那些蒼白憔悴的人們的目光始終莊嚴地跟隨著責任—榮譽—國家的口號。

這幾個名詞包含著最高的道德準則，並將經受任何為提升人類道德水準而傳播的倫理或哲學的檢驗。它所提倡的是正確的事物，它所制止的是謬誤的東西。高於眾人之上的戰士要履行宗教修練的最偉大行為 —— 犧牲。在戰鬥中，面對著危險與死亡，他顯示出造物主按照自己意願創造人類時所賦予的素養。只有神明能幫助他、支持他，這是任何肉體的勇敢與動物的本能都代替不了的。無論戰爭如何恐怖，招之即來的戰士準備為國捐軀是人類最崇高的進化。

現在，你們面臨著一個新世界 —— 一個變革中的世界。人造衛星進入星際空間。衛星與導彈象徵著人類漫長的歷史進入了另一個時代 —— 太空時代。自然科學告訴我們，在50億年或更長的時期中，地球形成了；300萬年或更長的時期中，人類形成了；人類歷史還不曾有過一次更巨大、更令人驚訝的進化。我們不單要從現在這個世界，而且要從無法估算的距離，從神祕莫測的宇宙來論述事物。我們正在認識一個嶄新的無邊無際的世界。我們談論著不可思議的話題：

控制宇宙的能源；讓風力與潮汐為我們所用；創造空前的合成物質以補充甚至代替古老的基本物質；淨化海水以供我們飲用；開發海底以作為財富與食品的新基地；預防疾病以使壽命延長幾百歲；調節空氣以使冷熱、晴雨分布均衡；登月太空船；戰爭中的主要目標不僅限於敵人的武裝力量，也包括其平民；團結起來的人類與某些星系行星的惡勢力的最根本矛盾；使生命成為有史以來最扣人心弦的那些夢境與幻想。

為了迎接所有這些巨大的變化與發展，你們的任務將變得更加堅定而不可侵犯，那就是贏得我們戰爭的勝利。你們的職業要求你們在這個生死關頭勇於獻身，此外別無所求。其餘的一切公共目的、公共計畫、公共需求，無論大小，都可以尋找其他辦法去完成；而你們就是受訓參加戰鬥的，你們的職業就是戰鬥 —— 決心取勝。在戰爭中最明確的目標就是為了勝利，這是任何東西都代替不了的。假如你失敗了，國家就要遭到破壞，因此，你的職業唯一要遵循的就是責任－榮譽－國家。其他人將糾纏於分散人們思想的問題的爭論，可是你將安詳、寧靜地屹立在遠處，身為國家的衛士，身為國際矛盾怒潮中的救生員，身為硝煙瀰漫的競技場上的格鬥士。一個半世紀以來，你們曾經防禦、守衛、保護著解放與自由、權利與正義的神聖傳統。讓平民百姓去辯論我們政府的功過：我們的國力是否因長期財政赤字而衰竭，聯邦的家長式傳統是否勢力過大，權力集團是否過於驕橫自大，政治是否過於腐敗，犯罪是否過於猖獗，道德標準是否降得

第十七章　簡析幾則名人演講

太低，捐稅是否提得太高，極端分子是否過於偏激，我們個人的自由是否像應有的那樣完全徹底。這些重大的國家問題與你們的職業毫不相干，也無須使用軍事手段來解決。你們的路標：責任－榮譽－國家，比夜裡的燈塔要亮十倍。

你們是連繫我國防禦系統全部機構的紐帶。當戰爭警鐘敲響時，從你們的隊伍中將湧現出手握國家命運的偉大軍官。還從來沒有人打敗過我們。假如你也是這樣，上百萬身穿橄欖色、棕色、藍色和灰色制服的靈魂將從他們的白色十字架下站起來，以雷霆般的聲音喊出那神奇的口號：責任－榮譽－國家。

這並不意味著你們是戰爭狂人。相反，高於眾人之上的戰士祈求和平，因為他忍受著戰爭最深刻的傷痛與瘡疤。可是，我們的耳邊經常響起那位大智大慧的哲學之父柏拉圖的警世之言：「只有逝者才能看到戰爭的終結。」

我的生命已近黃昏，暮色已經降臨，昔日的風采和榮譽已經消失。它們隨著對昔日事業的憧憬，帶著那餘暉消失了。昔日的記憶奇妙而美好，浸透了眼淚和昨日微笑的安慰和撫愛。我盡力但徒然地傾聽，渴望聽到軍號吹奏起那微弱而迷人的旋律，以及遠處戰鼓急促敲擊的動人節奏。

我在夢幻中依稀又聽到了大砲在轟鳴，又聽到了滑膛槍在鳴放，又聽到了戰場上那陌生、哀愁的呻吟。

然而，晚年的回憶經常將我帶回到西點軍校。我的耳旁迴響著，反覆迴響著：責任，榮譽，國家。

　　今天是我和你們進行的最後一次點名。但我願你們知道，當我到達彼岸時，我最後想的是學員隊，學員隊，還是學員隊。

　　我向大家告別。

　　在這篇演講中，麥克阿瑟的開場白非常具有人情味。沒有口號，沒有官腔，用他當天早晨走出旅館時，一個看門人對於自己的關心與對於西點的稱讚，來說明西點在民眾心目中的仰慕。即使是一個看門的人，一個連麥克阿瑟都不熟悉的人（熟悉的話就不會問「您從前去過嗎」），也知道西點「是個好地方？」。

　　簡潔而富有人情味的開場白後，演講非常自然地切入「榮譽」這一話題，並隨之引出「責任－榮譽－國家」這個主題。圍繞這個軍人「最高的道德準則」，麥克阿瑟深情地回顧了一戰、二戰中西點軍人所做出的犧牲與貢獻，展望了將來西點軍人面臨的考驗。麥克阿瑟希望西點的青年才俊能夠繼承先輩的光榮傳統──老兵們隱退了，但他們的精神將傳承在年輕人身上，為責任、榮譽、國家而流血、揮汗、灑淚，並為之自豪。

　　當一切成為回憶，經典釀就歷史，總會多幾分感傷。那個在墨西哥的叢林中冒著生命危險進行偵查的年輕軍官，那個指揮著彩虹師所向披靡的師長，那個喊著我還要回來並最

第十七章　簡析幾則名人演講

終踏回菲律賓土地的司令,那個竭力抹去心中仇恨、重新塑造了日本戰後形象的盟軍最高統帥……現在已經是廉頗老矣。麥克阿瑟從西點出發,歷經無數硝煙戰火的洗禮後,又回到了西點這個從軍的起點。此時的他已經 82 歲了,歲月奪走了他一切外在的剛強,他面容憔悴、瘦骨嶙峋、虛弱不堪,頭上戴一頂灰色氈帽;但不變的是他身為軍人,內在的剛強與氣質。他發表了在銷聲匿跡多年後的一篇極富詩意的演講,向軍官的搖籃 —— 也是自己的搖籃告別。這最後的演講,與他在太平洋上曾經有過的赫赫戰功一樣,令世人長久懷念。

　　麥克阿瑟在 1945 年日本投降時擔任了駐日美軍總司令的職務。在麥克阿瑟公開指責白宮政策後,當時的美國總統杜魯門解除了其一切職務。1951 年 4 月 19 日於國會大廈,麥克阿瑟發表了題為〈老兵不死〉的著名演講。這篇演講至今仍被許多國家演講教材所引用。限於篇幅,我們摘錄其結尾如下 ——

　　我將結束我五十二年的軍旅生涯。我在世紀之交之前就已加入軍隊,它滿足了我孩童時所有的希望和夢想。自從我在西點的草坪上宣讀誓言以來,這個世界已經經歷了多次轉變,童年的希望和夢想早已消失得無影無蹤。但我依然記得當年那首流行的軍歌中驕傲的疊句:一個老兵永遠不死,

他只是淡出舞臺。就像歌中的老兵一樣，我結束我的軍旅生涯，只是淡出了人生舞臺。一個力圖像上帝指引的那樣完成他的責任的老兵。再見。

「老兵永遠不死，只是淡出舞臺……」這是一首美國獨立戰爭期間的歌，而這首歌為人們所熟悉卻是因為麥克阿瑟演講。

毫無疑問，麥克阿瑟並不是完人，但透過他我們可以看到一個時代和社會的縮影。麥克阿瑟是唯一的，不可複製、不可模仿，他的夢想代表了美國普通民眾的夢想，他的缺點也代表了美國普通人的缺點。

海明威：天天面對永恆

海明威，美國著名小說家，1954 年度的諾貝爾文學獎得主。他在 1923 起開始他的文學創作，2 年後發表了他的代表作《老人與海》（*The Old Man and the Sea*）並一舉成名。1954 年，海明威因《老人與海》而獲得諾貝爾文學獎。他沒有親臨領獎現場，但撰寫了這篇名為〈天天面對永恆〉的答謝辭，由美國駐瑞典大使代為宣讀——

我不善辭令，缺乏演說的才能，只想感謝諾貝爾評獎委員會的委員們慷慨授予我這項獎金。

沒有一個作家，當他知道在他以前不少偉大的作家，並

第十七章　簡析幾則名人演講

沒有獲得此項獎金的時候能夠心安理得而不感到受之有愧。這裡無須一一列舉這些作家的名字。在座的每個人都可以根據他的學識和良心提出自己的名單來。

要求我們的大使在這裡宣讀一篇演說，把一個作家心中所感受到的一些都說盡是不可能的。一個人作品中的一些東西可能不會馬上被人理解，在這點上，他有時是幸運的，但是他們終究會十分清晰起來，根據它們以及作家所具有的點石成金本領的大小，他將青史留名或被人遺忘。

寫作，在最成功的時候，是一種孤寂的生涯。作家的組織固然可以排遣他們的孤獨，但是我懷疑它們未必能夠促進作家的創作。一個在稠人廣眾之中成長起來的作家，自然可以免除孤苦寂寥之慮，但他的作品往往流於平庸。而一個在岑寂中孤獨工作的作家，假若他確實不同反響，就必須天天面對永恆的東西，或者面對缺乏永恆的狀況。

對於一個真正的作家來說，每一本書都應該成為他繼續探索那些尚未到達的領域的一個新起點。他應該永遠去嘗試做那些從來沒有人做過或者他人沒有做成的事。這樣他就有幸會獲得成功。

如果已經寫好的作品，僅僅換一種方法又可以重新寫出來，那麼文學創作就顯得太輕而易舉了。我們的前輩大師們留下了偉大的功績。正因為如此，一個普通作家常常被他們逼人的光輝驅趕到遠離他可能到達的地方，陷入孤立無援的境地。

身為一個作家，我講得已經太多了。作家應該把自己要說的話寫出來，而不是講出來。再一次謝謝大家了。

《呂氏童蒙訓》有云：「文章無警策，則不足以傳世，蓋不能竦動世人。」海明威的這篇短短答謝辭，可看作是他向世界發表的一種文學主張，其中有一些話說得十分警策，足以鼓動人心。這既真實表明了作家寫作之艱辛，又使人們看到了海明威一生可貴的追求。

整體看來，這篇演說辭有三個突出的特色。

首先，通俗易懂，內涵豐富。身為一名大文學家，玩弄辭藻是他們的特長。因此，我們可以聽到不少諾貝爾文學獎獲得者艱深晦澀、古奧怪癖的答謝辭，海明威卻用他簡練的文筆、通俗易懂的語句，向聽眾朋友講述了自己的真實感受。

光通俗易懂沒什麼，盡揀大白話說就行了。不過海明威說得雖然通俗易懂，但表達的思想內涵卻又極其豐富。短短的演講詞，把自己對文學的理解與感受表達得的淋漓盡致。

其次，謙虛謹慎，言辭懇切。我們在前面說過，演講中不要謙虛，特別是在開場白與結束語中。但在盛大的得獎答謝上，適當的自貶式的謙虛是一種美德，也是一種必須。我們前面說過，演講中之所以不要謙虛，主要原因是為了不給聽眾以「演講不精彩」的負面暗示，以及展示自己的自信。但對於領獎之類——特別是領取著名的大獎時，答謝辭謙

卑一點並不會有損自己自信的形象，也不會帶給聽眾負面暗示。就像海明威所說的「沒有一個作家，當他知道在他以前不少偉大的作家並沒有獲得此項獎金的時候能夠心安理得而不感到受之有愧」，這種在前輩面前的謙虛謹慎，來得絲毫不造作。

再者，感情真摯，詼諧風趣。在演講詞中，海明威談到了他的創作感受：「一個在稠人廣眾之中成長起來的作家，自然可以免除孤苦寂寥之慮，但他的作品往往流於平庸。而一個在岑寂中孤獨工作的作家，假若他確實不同反響，就必須天天面對永恆的東西，或者面對缺乏永恆的狀況」。這說明了作者在他的文學創作歷程中，是孤苦的，寂寥的，艱難的。這樣的落寞疾苦之言，真摯感情之語，一下子就把聽眾的情緒再次調動起來，並深深地打動了他們。結尾處，海明威利用詼諧風趣的語言，說他講的已經太多了，讓聽眾忍俊不禁。更加高明的是，他不是為幽默而幽默，緊接著連繫上自己作家的身分，明確地提出了自己的主張和觀點：「作家應該把自己要說的話寫出來，而不是講出來」。寥寥數語，讓人回味無窮。

胡適：防身的三味藥

胡適，字適之。現代著名文學家、學者。1910 年留學美

國，1958 年任中央研究院院長。1960 年 6 月 18 日，在臺灣成功大學畢業典禮上，胡適作了題為〈防身的三味藥〉的演講。其演講詞如下——

　　畢業班的諸位同學，現在都得離開學校去開始你們自己的事業了，今天的典禮，我們叫做「畢業」。你們的學校生活現在有一個結束，現在你們開始進入一段新的生活，開始撐起自己的肩膀來挑自己的擔子，所以叫做「始業」。

　　今天承畢業班同學的好意，承閻校長的好意，要我來說幾句話。我進大學是在五十年前（1910 年），我畢業是在四十六年前（1914 年），夠得上做你們的老大哥了。今天我用老大哥的資格，應該送你們一點小禮物。我要送你們的小禮物只是一個防身的藥方，給你們離開校門、進入大世界作隨時防身救急之用的一個藥方。

　　這個防身藥方只有三味藥：

　　第一味藥叫做「問題丹」。

　　第二味藥叫做「興趣散」。

　　第三味藥叫做「信心湯」。

　　第一味藥「問題丹」。就是說，每個人離開學校，總得帶一兩個麻煩而有趣味的問題在身邊作伴，這是你們入世的第一要緊的救命寶丹。

　　問題是一切知識學問的來源，活的學問、活的知識，都是為了解答實際上的困難，或理論上的困難而得來的。年輕

入世的時候，總得有一個兩個不大容易解決的問題在腦子裡，時時向你挑戰，時時笑你不能對付它，不能奈何它，時時引誘你去想它。

只要你有問題跟著你，你就不會懶惰了，你就會繼續有知識上的長進了。

學堂裡的書，你帶不走；儀器，你帶不走；先生，他們不能跟你去，但是問題可以跟你走到天邊！有了問題，沒有書，你自會省吃省穿去買書；沒有儀器，你自會賣田賣地去買儀器！沒有好先生，你自會去找好師友；沒有資料，你自會上天下地去找資料。

各位青年朋友，你今天離開學校，夾袋裡準備了幾個問題跟著你走？

第二味藥叫做「興趣散」。這就是說，每個人進入社會，總得多發展一點專門職業以外的興趣 ——「業餘」的興趣。

你們多數是學工程的，當然不愁找不到吃飯的職業，但四年前你們選擇的專門職業，真是你們自己的自由志願嗎？你們現在還感覺你們手裡的文憑真可以代表你們每個人終身的志願、終身的興趣嗎？ —— 換句話說，你們今天不懊悔嗎？明年今天還不會懊悔嗎？

你們在這四年裡，沒有發現什麼新的、業餘的興趣嗎？在這四年裡，沒有發現自己的本行以外的才能嗎？

總而言之，一個人應該有他的職業，又應該有他的非職

業的玩意，不是為吃飯而是心裡喜歡做的，用閒暇時間做的 —— 這種非職業的玩意兒，可以使他的生活更有趣、更快樂、更有意思。有時候，一個人的休閒活動也許比他的職業還更重要。

英國 19 世紀的兩個哲學家，一個是約翰‧史都華‧彌爾，他的職業是東印度公司的祕書，他的業餘工作使他在哲學上、經濟學上、政治思想史上，都有很大的貢獻。一個是赫伯特‧斯賓塞，他是一個測量工程師，他的業餘工作使他成為一個很有實力的思想家。

英國的大政治家邱吉爾，政治是他的終身職業，但他的業餘興趣很多，他在文學、歷史兩方面都有大成就；他用餘力作油畫，成績也很好。

美國總統艾森豪先生，他的終身職業是軍事，人都知道他最愛打高爾夫球，但我們知道他的油畫也很有功夫。

各位青年朋友，你們的專門職業是不用愁的了，你們的業餘興趣是什麼？你們能做的，愛做的業餘活動是什麼？

第三味藥，我叫他做「信心湯」。這就是說，你總得有一點信心。

我們生存的這個年頭，看見的、聽見的，往往都是可以叫我們悲觀、失望的 —— 有時候竟可以叫我們傷心，叫我們發瘋。

這個時代，正是我們要培養我們的信心的時候，沒有信

心，我們真要發狂自殺了。

我們的信心只有一句話「努力不會白費」，沒有一點努力是沒有結果的。

對你們學工程的年輕人，我還用多舉例來說明這種信心嗎？工程師的人生哲學當然建築在「努力不白費」的定律的基石之上。

我只舉這短短幾十年裡大家都知道的兩個例子。

一個是亨利·福特，這個人沒有受過大學教育，他小時半工半讀，只讀了幾年書，16 歲就在一小機器店裡做工，每週工錢兩塊半美元，晚上還得去幫別家做夜工。

五十七年前（1903 年）他 39 歲，他創立福特汽車公司，原定資本 10 萬美元，只招得 2.8 萬美元。

五年之後（1908 年），他造成了他的最出名的福特 T 型汽車，用全力製造這一種車子。

1913 年 —— 我已在大學三年級了，福特先生創立他的第一條裝配線。

1914 年 —— 四十六年前 —— 他就能夠完全用「裝配線」的原理來製造他的汽車了。同時他宣布他的汽車工人每天只工作八個小時，比別處工人少一小時 —— 而每天最低工錢 5 元美金，比別人多一倍。

他的汽車開始是 950 美元一部，他逐年減低賣價，從 950 美元直減到 360 美元 —— 第一次世界大戰之後，減到 290 美

元一部。

　　他的公司，在創辦時（1903 年）只有 2.8 萬元的資本 —— 到 23 年之後（1926 年）已值得十億美金了！已成了全世界最大的汽車公司了。1915 年，他造了 100 萬部汽車，1928 年，他造了 1,500 萬部車。

　　他的「裝配線」的原則在二十年裡造成了全世界的「工業新革命」。

　　福特的汽車在五十年中征服全世界的歷史還不能叫我們發生「努力不白費」的信心嗎？

　　第二個例子是航空工程與航空工業的歷史。

　　也是五十七年前 —— 1903 年 12 月 17 日，正是我 12 整歲的生日 —— 那一天，在北卡羅萊納州的海邊基蒂霍克沙灘上，兩個修理腳踏車的匠人，兄弟兩人，用他們自己製造的一架飛機，在沙灘上試飛。弟弟叫奧維爾·萊特，他飛起了 12 秒鐘；哥哥叫威爾伯·萊特，他飛起了 59 秒鐘。

　　那是人類製造飛機飛在空中的第一次成功 —— 現在那一天是全美國慶祝的「航空日」 —— 但當時並沒有人注意到那兩個兄弟的試驗，但這兩個沒有受過大學教育的腳踏車修理匠人，他們並不失望，他們繼續試飛，繼續改良他們的飛機，一直到四年半之後（1908 年 5 月），才有重要的報紙來報導那兩個人的試飛，那時候，他們已能在空中飛 38 分鐘了！

第十七章　簡析幾則名人演講

這四十年中，航空工程的大發展，航空工業的大發展，這是你們學工程的人都知道的，航空工業在最近三十年裡已成了世界最大工業的一種。

我第一次看見飛機是在 1912 年；我第一次坐飛機是在 1930 年；

我第一次飛過太平洋是在二十三年前（1937 年）；第一次飛過大西洋是在十五年前（1945 年）。當我第一次飛渡太平洋的時候，從香港到舊金山總共費了七天！去年我第一次坐飛機，從舊金山到紐約，五個半鐘頭飛了 3,000 英里！下月初，我又得飛過太平洋，當天中午起飛，當天晚上就到美國西岸了！

五十七年前，基蒂霍克沙灘上兩個腳踏車修理匠人自造的一個飛機居然在空中飛起了 12 秒，那 12 秒鐘的飛行就給人類打開了一個新的時代 —— 打開了人類的航空時代。

這不夠叫我們深信「努力不會白費」的人生觀嗎？

古人說「信心可以移山」，又說「功不唐捐」，還說「只要工夫深，生鐵磨成繡花針」。

年輕的朋友，你們有這種信心沒有？

身為哲學家、學者、作家兼教授的胡適先生，不僅其詩其文其思想對當時或後世有巨大影響，其演講藝術亦因有獨特的風格而受到學者的普遍讚響。在上面這篇演講中，他以一位長輩的殷殷之心，在同學們即將畢業之際，熱誠真摯、

推心置腹地勉勵大家怎樣走向社會，提出「問題丹」、「興趣散」、「信心湯」當作「防身藥方」。將讀書、做學問、樹立起追求理想的信心和勇氣，出神入化、行雲流水似的宣示出來，且跌宕得方、起伏有致、張弛有度、文白相間、警語迭出，如「努力不會白費」，「撐起自己的肩膀來挑自己的擔子」，「只要功夫深，鐵杵磨成針」等。胡適主張文學有三個條件：第一要明白清楚，第二要有力能動人，第三要美。他本人無論寫作還是演講，都完美地做到了這三點。

胡適在新文化運動中，首倡「白話文運動」，課堂上也經常向學生宣傳白話文寫作的好處。遇有學生置疑，便因勢利導、循循善誘地進一步引導。有一次，某學生說「白話文不簡練，打電報用字多，花錢多。」胡適慢條斯理、心平氣和地說：「不一定吧！前幾天『行政院』有位朋友給我打來電報，邀我去做行政祕書，我不願意從政，不想去，為這件事我回了一則電報，拒絕。請同學們根據我這個意思，用文言文自擬一則電報，看看是白話文省字還是文言文省字？」同學們躍躍欲試，積極性陡增，最後選出一份最為簡練者，僅 12 字：「才疏學淺，恐難勝任，不堪從命。」這時課堂很靜，都凝神注目胡適，看他的白話電報還能怎樣地簡練。此時，胡適像相聲演員抖包袱一樣，十分俐落地說：「做不了，謝謝！」僅 5 個字，大家無不為先生的主張暗暗稱絕，且對

第十七章　簡析幾則名人演講

白話文寫作產生了濃厚興趣。

　　胡適學識淵博，引經據典，信手拈來，不枝不蔓，恰到好處。在某大學演講時，多次引孔子、孟子、孫中山語，在黑板上寫「孔說」、「孟說」、「孫說」，最後，他發表自己的意見，機智而戲謔地寫道，「胡說」，引得哄堂大笑。順理成章，水到渠成，寓莊於諧，妙哉妙哉。

　　胡適信奉的格言是「大膽的假設，小心的求證；認真的做事，嚴肅的做人。」無論寫作還是演講，他都一絲不苟，精益求精，瀟灑儒雅，從容優游，深入淺出，應付自如。他在 1949 年 7 月 10 日西雅圖舉行的「中美文化使用會議」的演講，曾被一位美國學者盛讚為具有「邱吉爾作風」。

胡適：防身的三味藥

電子書購買

國家圖書館出版品預行編目資料

上位之聲：別出心裁開場白 × 聲情並茂鋪陳法 × 見好就收時機點，讓人聽完還意猶未盡，說的比唱的好聽！ / 肖勝平，吳載昶編著 . -- 第一版 . -- 臺北市：財經錢線文化事業有限公司，2023.03
面；　公分
POD 版
ISBN 978-957-680-597-4(平裝)
1.CST: 演說術 2.CST: 說話藝術
811.9　　112001267

上位之聲：別出心裁開場白 × 聲情並茂鋪陳法 × 見好就收時機點，讓人聽完還意猶未盡，說的比唱的好聽！

臉書

編　　著：肖勝平，吳載昶
封面設計：康學恩
發 行 人：黃振庭
出 版 者：財經錢線文化事業有限公司
發 行 者：財經錢線文化事業有限公司
E-mail：sonbookservice@gmail.com
粉 絲 頁：https://www.facebook.com/sonbookss/
網　　址：https://sonbook.net/
地　　址：台北市中正區重慶南路一段六十一號八樓 815 室
Rm. 815, 8F., No.61, Sec. 1, Chongqing S. Rd., Zhongzheng Dist., Taipei City 100, Taiwan
電　　話：(02) 2370-3310　　傳　　真：(02) 2388-1990
印　　刷：京峯彩色印刷有限公司（京峰數位）
律師顧問：廣華律師事務所 張珮琦律師

定　　價：375 元
發行日期：2023 年 03 月第一版
◎本書以 POD 印製